Fujino Omori
大森藤ノ
illustration
ニリツ
キャラクター原案
ヤスダスズヒト
ダンジョンに出会いを求めるのは間違っているだろうか
ファミリアクロニクル
episodeリュー2

CONTENTS

Familiar Cronicle
Episode RYU

「オラリオの【疾風】……!

「アストレア様を訪ねに来ました」
アストレア様を捨てた裏切り者！」

ダンジョンに出会いを求めるのは間違っているだろうか

ファミリアクロニクル episode リュー 2

Fujino Omori

大森藤ノ

illustration

ニリツ

キャラクター原案

ヤスダスズヒト

カバー・口絵・本文イラスト

ニリツ

星々のローカス

Familiar Chronicle
Episode RYU

1

秋が更《ふ》けた。

『とある少年』が迷宮都市に訪れてから、出会いの春を終え、雄飛の夏を越えた。

激動の半年間は瞬く間に駆け抜け、既に冬の足音さえ聞こえてくる。

色々なことがあった。

本当に沢山のことが。

確かなのは、その時間は濃密で、かけがえのないものだったということ。

白い髪の『彼』は最初、未熟だった。

しかし『彼』は目を見張るほどの成長を遂げた。

薄い鈍色《にびいろ》の髪の『彼女』は、そんな『彼』を見初《みそ》めた。

『彼』に穏やかな想いを抱き、今まで見たことのない笑みを浮かべるようになった。

自分は、そんな彼女達を外から見守るだけの筈《はず》だった。
『彼女』の想い人である『彼』を守るため、その窮地を何度も救い、その中で『彼』を尊敬するようになり、そして――。

秋が更《ふ》けた。
晩秋の今、出会いと交流を経て、自分達の関係は変わろうとしている。
いっそ破滅的なまでに。
実りを告げる豊穣《ほうじょう》は、誰をも笑顔にさせる収穫をもたらしはしなかった。
女神の名を冠する収穫祭を契機に、一人の少女が一人の少年に想いを打ち明けた。
想いは果たされなかった。
だから、『彼女』は全てを手に入れようとした。
行われたのは『侵略』。
作られたのは『箱庭』。
反逆したのは『聖火』。
最後に決まったのは、『大戦』。

圧制と暴虐を働いた女王の派閥を打ち倒すため、各派閥が連合を組む、オラリオ史上最大の戦い。

今のままでは、力になれない。

確信があった。

美を司る神の眷族に、この枝のように細い体は一体何度敗北しただろう。

どんな知恵と工夫を凝《こ》らそうが、峻厳《しゅんげん》な山の前にそよ風など無力だ。

力がいる。

強くならなければならない。

『彼』を助け、『彼女』を止めるために。

だから——避け続けていた『禊《みそぎ》』を行うことを決めた。

ずっと勇気が出なかった『清算』に臨むことを。

勝手な自分の都合で、けれどこれだけは決して曲げることのできない『絆《きずな》』を守るために、『正義』との『再会』を果たしに行く。

見送るのは一人の友と、迷宮の宿場街の大頭。

彼女達から魔道具《マジックアイテム》と、『木片』を受け取り、顔を上げる。

「待っていなさい、シル」

日の出も始まっていない夜と朝の境界。

白亜の塔と巨大市壁に背を向けて、都市を発った。

そして。

「会いに行きます……アストレア様」

薄明の空にあって輝く星へ向かって、その言葉を呟《つぶや》いた。

2

道なき道を駆ける。

地平線の果てまで続く草原の海は半日もかけず走破した。迂回《うかい》する時間さえ惜しみ、立ち塞がる峻厳《しゅんげん》な山々に突っ込んだのは数刻前。悪路などという言葉では生温《なまぬる》い山の斜面、木々の剣山、あるいは断崖絶壁を背後へ置き去りにしていく。

大陸の西端、迷宮都市オラリオから真《ま》っ直《す》ぐ横断する進路。

それは東進《とうしん》の旅だ。

あるいは、文字通り『疾駆《しっく》』と言うのが正しいのかもしれない。

まさに与えられた二つ名のごとく、疾風となって山と谷を幾度《いくど》となく越えた。齢《よわい》何百とも知れない樹海が立ち塞《ふさ》がろうとも、この身はエルフ。森の妖精。深緑の迷宮に迷い込むことはなく、元来《がんらい》管轄外の山に対しても冒険者の身体能力《フィジカル》で難なく突き進んでいく。

流離《さすらい》の旅人がいれば泡を吹く速度で、リューは駆けた。

焦燥に近い感情を疾走の燃料に変え、まだ見ぬ『目的地』をひたすら目指す。

行商を始めとした人々が最も警戒を払う魔物達でさえ、障害と認識しない。

道中で襲いかかってきたモンスターはことごとく無視してのけた。

が。

「うわああああああああ⁉」

今まさに、他者が危機に晒《さら》されているというならば話は別だ。

眼下、遥《はる》か崖下でモンスターの群れに襲われている者達を視認するなり、リューは宙に身を投じた。

そのまま岩壁を蹴りつけ、加速。

振り上げられた爪が彼等の生命を脅かすより早く、斬断する。

「えっ……？」

呆《ほう》けるヒューマンの呟《つぶや》きとともに舞うのは、モンスターの片腕。

『グァアアアアアア⁉』

隻腕《せきわん》となった『バグベアー』の絶叫と同時に迸《ほとばし》るのは、斬撃の旋風。

二刀の小太刀を駆使し、銀閃の結界を張り巡らせるリューは瞬《またた》く間にモンスターの群れを殲滅《せんめつ》した。

「無事ですか？」

猛《たけ》り叫ぶ存在が消え、辺りに静けさが訪れる。

外套《がいとう》を揺らし、覆面で顔を隠しながら振り返ると、尻餅をついたヒューマン達はどこか間抜けな顔で、こちらを見つめているのだった。

襲われていたのは商人の一行だった。

山の崖を掠《かす》める道程《ルート》を進んでいたところ、運悪くモンスター達に襲撃されたらしい。

雇っている傭兵達《ファミリア》はいたが、大型級《バグベアー》と有翼射撃種《ガン・リベルラ》という厄介な組み合わせに悪戦苦闘し、あわや壊滅の危機だったとのことだ。

「いやぁ、本当に助かったぜ！」

「積み荷も無事でした！　これも貴方のおかげです！」

傭兵頭《ようへいがしら》のヒューマンが、商人の獣人が、焚《た》き火《び》の前に座ったリューに笑みを向ける。

すっかり日は落ち、夜。

リューは商人達の野営に厄介になっていた。

不眠不休の強行軍で『目的地』へ向かうつもりだったが、現状の進行速度《ペース》ではどうせ一度は休憩を挟まなければならない。そう判断し、「どうかお礼をさせてほしい」という商人達の厚意に甘えたのである。

荷物は最低限にとどめ、道中は木の実で凌《しの》ぐつもりだったので、商人が恵んでくれた干し肉と豆のスープは図らずもリューの体を潤した。

「しかし強かったなぁ、あんた。やっぱり冒険者かい？」

「……厳密には違いますが、オラリオに居は定めています」

頭《かしら》のヒューマンはその戦い振りから、リューをオラリオ出身の者と察していた。オラリオと言えば冒険者で、冒険者と言えば『でたらめ』の代名詞というのが下界の共通認識だ。

要注意人物一覧《ブラックリスト》に載っているリューは、潔癖なエルフであるが故に嘘《うそ》もつけず、言葉を濁した伝え方をしたが、

「オラリオからここまで、どんなに急いでも四日はかかります。きっとお疲れでしょう、どうか体を休めてください。馬車には毛布を始め、何でもございますので」

にこやかな商人を含め、彼等はそれ以上詮索《せんさく》しなかった。

（いい者達だ。こちらが申し訳なくなるほど）

名前を明かさず、覆面も外さない自分に対して快く積荷を分けてくれる商人達に、リューは感謝した。そして『その四日の道程を約一日で駆けてきた』と言えば、彼等はおそらく引っくり返るだろう、とも思った。上級冒険者、中でもLv．4以上となれば、都市外の常識はほぼ通じないと言っていい。

そんな風にリューが取り留めのないことを考えていると、傭兵達はふと思い出したように、別の話を始めた。

「そういえば、オラリオと言えば……また戦争遊戯《ウォーゲーム》をおっ始めるらしいな」

「ああ、聞いた聞いた。どの街でも噂《うわさ》になってやがる。しかも今度は、あの【フレイヤ・ファ

ミリア】が、だろう？」

戦争遊戯《ウォーゲーム》。【フレイヤ・ファミリア】。

その単語を聞いた時、ざわり、とリューの心が鳴った。

胸に去来する疼《うず》きは幻痛《げんつう》などではなく、歴《れっき》とした感傷だった。

「風の噂じゃあ、他の派閥が徒党を組んで『大戦』になる、なんて言ってたし……一体なにが起こってるんだか」

傭兵達の話は全て事実だった。

彼等もまさか、その『戦争遊戯《ウォーゲーム》』が一人の少年を巡って勃発《ぼっぱつ》したものだとは夢にも思わないだろう。

そしてその戦争こそが、リューが迷宮都市から離れている理由でもあった。


オラリオで開かれた豊穣の宴『女神祭《めがみさい》』。

そこで女神フレイヤは『侵略』を断行した。

それは都市全域の『魅了』。

たった一人の少年を我がものにするためだけに、都市民の認識を捻《ね》じ曲げ、自分だけの『箱庭』を作り上げたのだ。

その『箱庭』は少年自身の強い意志と、彼の主神である『悠久の聖火』によって破られたが、それで事態は終わらなかった。記憶を改竄《かいざん》され操り人形と化していた人々──とりわけ冒険者達の怒りが爆発したのだ。

そして少年を求める美神《フレイヤ》の開戦要求により、オラリオ史上でも異例の『派閥大戦』が決定したのである。


（つい先日までの日々が……遠い出来事のようにも感じてしまう）

この約一ヶ月間の出来事を追想したリューは、己の手の平に視線を落とす。

【ヘスティア・ファミリア】が旗頭となる派閥連合軍と【フレイヤ・ファミリア】の『派閥大戦』に、リューは勿論《もちろん》参加するつもりだった。

しかし。

（今の私では、ベルの力になれない……）

脳裏に蘇《よみがえ》るのは、黒妖精《ダーク・エルフ》や猪人《ボアズ》──【フレイア・ファミリア】の眷族に、完膚《かんぷ》なきまでに敗北する無様な自分の姿である。

敵の最大戦力は第一級冒険者。

経験も場数も違う。『技と駆け引き』も劣っている。

何より、未だＬｖ．４の自分では、Ｌｖ．６、そしてＬｖ．７の真性の怪物達に敵う道理はない。

故にリューは迷宮都市を出たのだ。

五年前から時が止まっている、己の【ステイタス】を更新するために。

「冒険者……いや旅人さんよ。オラリオから来たって言うが、あんたはこれからどこへ向かうつもりなんだい？」

先程より、傭兵達からオラリオの話を聞きたそうな視線を感じていたが、リューは話すつもりはなかった。正確には今も収まらない焦燥によって話す余裕がなかった。

その空気を感じ取ってか、傭兵頭《がしら》のヒューマンが話題を変えるように、尋ねてきた。

「私の行き先は……」

リューは無意識のうちに、腰の小鞄《ポーチ》をそっと触れていた。

その中にあるのは、一枚のメモと地図だ。

都市を出るための手配を請け負ってくれた友《アスフィ》、その主神であるヘルメスからの伝言。

彼は五年前から、リューが出し続けていた『手紙』を届けてくれていた。

リュー自身、どこにいるかも知らない『女神』のもとへ。

メモと地図は、そんな『女神』の所在が記されている。

この下界で今、唯一リューの止まっている時間を動かすことのできる、彼女の『主神』の居場所が。

メモに記されている名を、リューは口にした。

「ゾーリンゲン」

剣製都市ゾーリンゲン。

大陸最西端に位置する迷宮都市《オラリオ》から見て、峻厳なアルヴ山脈を越えて更に東に位置する工業都市。その名の通り剣《つるぎ》を中心に武具の生産を行う鍛冶師《かじし》達の都《みやこ》だ。

時はもう日暮れ。早朝に商人や傭兵達と別れたリューが剣製の地に到着すると、まず視界に飛び込んできたのは、見上げるほどの『都市門』だった。

「凄《すさ》まじい城壁……オラリオの巨大市壁とまではいかなくても、三〇M《メドル》はあるか」

門の威容だけ見れば、まるで城塞都市のそれである。

空色の瞳で巨壁の高さを目算しつつ、リューは門衛のもとへ向かった。

大きな鉄門扉を守るドワーフ達は互いが持つ大斧《だいふ》を一度は交差させたものの、リューがアスフィから受け取った巻物《スクロール》――ヘルメスが用意した通行許可証を差し出すと、数度の問答を経て通過を許してくれた。

山岳と一体化するように築かれた都市門を抜けると、整備されている大道をしばらく歩く。

疎《まば》らに存在するのは坑道の入口。周囲の山岳地帯に鉱脈が存在するのか、聴覚が強化された昇華者《リュー》の耳に鶴嘴《つるはし》の音や鉱夫達のかけ声が聞こえてくる。

大道の両脇には木造りの倉庫や搬送車《トロッコ》も存在しており、先程くぐった都市門を境にして辺り一帯が資源地であることが窺える。

武器を作る上でここから取れる鉱石も欠かせないのだろう。都市門があまで堅牢《けんろう》で、それでいて厳重に守られているのも頷《うなず》けるというものだった。

やがて大道を進み終えると、その『剣《つるぎ》の都』は姿を現した。

「これがゾーリンゲン……」

背の低い建物群、そして空に伸びる幾つもの黒煙。

それが剣製都市の第一印象。

足を踏み入れれば、むわっとした熱気がたちまち体を包んでくる。石造りの建物はほとんどが平屋建てで、開けっ放しの扉や鎧戸《よろいど》から響く怒鳴り声が喧《かまびす》しく、熱気の出どころもそこだ。見なくとも『炉』が燃えていることがわかる。

カァーン、カァーン、とそこら中から響いてくる鎚《つち》の音。

辺り一帯の建物が『工房』であることを、絡み合う鍛錬の旋律が教えてくれる。

道ですれ違う者達はみな職人然とした格好をしており、リューの腰くらいしかない子供達も作業服《オーバーオール》に帽子を被っていた。むしろ旅装姿のリューの方が浮いており、ちらちらと周囲から目を向けられるほどだ。

職住近接。

恐らくゾーリンゲンは職場と住居の垣根が限りなくない。リューはそう感じた。

この都に住まう者達にとって『工房』こそ家であり、そうでなくとも目と鼻の先に寝食の場所を設けているのだろう。言ってしまえば都市民全てが『職人』であり、手に職を持っているのだ。

また、それに伴って神の眷族も多い。多くの鍛冶系【ファミリア】がゾーリンゲンに腰を据えているのは有名な話である。他ならない【ヘファイストス・ファミリア】も、資源も含めた契約先にゾーリンゲンを選んでおり、多くの得意先の工房、あるいは職人を支援していると聞く。ゾーリンゲンの人間で彼女の眷族になった者も多いらしい。

「オラリオの『工業区』に似ている……」

工房や工場を中心とした平屋建ての建築は『美しい街並み』といった単語からはかけ離れている。ひたすら機能が重視されており、オラリオ北東地区に広がる『工業区』をそのまま都に変えた、と言えばいいだろうか。都自体の大きさはオラリオが勝るが、工業区よりはゾーリンゲンの方が遥かに広い。

武骨な印象を受ける都の造りだったが、その中で緑玉明色《エメラルドグリーン》に輝く『施設』が複数存在した。

周囲の建物が遮って全貌は見えなかったが、リューにはそれが上半分のない砂時計に見えた。

あの『神秘』の輝きは都市の中でも重要な施設なのだろう、と察する。

（決して美しい都とは言えないが、山岳に囲まれ、森は広がり、川も流れている……）

都市門からこの工業地帯まで、ゾーリンゲンは自然に囲まれている。

西から南にかけて山岳が、東には森林地帯があり、北からは川が流れ都市に水を恵んでいる。

鉱石などの資源、炭のための木材、そして鍛冶水のための水源が揃《そろ》っており、武器造りを行うにはうってつけの環境だろう。剣製都市がこの地に築かれた理由がよくわかる。

ダンジョンという反則の資源世界を抜きにすれば、ゾーリンゲンはオラリオよりずっと自然が豊かだった。

だが、同胞《エルフ》は少なそうだ、とリューは思った。

大量の木を切って黒き煙を空にまき散らし、世界そのものを壊しては汚す。

製鉄による森林伐採及び自然破壊は、自然を愛するエルフにとって忌《い》むべきものの一つだ。

今も上がっている黒煙を仰《あお》ぎながら、リューはこの都を受け入れるのは難しい、と素直に思った。それが融通の利かないエルフの潔癖であると自覚しているものの、忌避感《きひかん》はどうしても拭えない。

「アストレア様は何故このような場所に……」

フードを目深に被り、覆面で顔を隠しながら、呟《つぶや》く。

アスフィ達の話によれば、この地にアストレアがいるとのことだが、はっきり言ってしまえば『似合わない』とリューは思った。

慈悲深い女神は下界を愛しており、清浄とはほど遠いゾーリンゲンに好んで身を寄せようとはしない筈《はず》だ。彼女は司る事物とは『正義』であり、決して『炎』や『鍛冶』ではない。

疑問を抱きつつも、リューは進んだ。

時にはすれ違う人々に話しかけ、地図に記された位置を教えてもらい、楕円形の街並みを横断していく。

住民に教えてもらった先は、工業地区を抜けた場所にあった。

まだ伐採が目立たない東部の森林地帯。

大気が汚れた工業地帯に女神の住まいがないことに、胸の奥で安堵《あんど》したのも束《つか》の間、すぐに肩を強張《こわば》らせた。

視界の遥か奥、開けた場所に建てられた二階建ての建物を捉えたのだ。

そして、『眷族』と思《おぼ》しき少女も。

「あ～、一体どうすれば……」

種族はヒューマン。

鮮やかな藍色の髪を左の側頭部に結わえており、上品なスカートと戦闘衣《バトル・クロス》を身に纏《まと》っている。白を基調にした衣装はきっと【ファミリア】の制服なのだろう、左肩の片外套《ペリース》に徽章《エンブレム》が刻まれている。

少女はまるで親から隠れる子供のように木の根に座り込み、両手で頭を抱えて唸《うな》っていた。

「注文されてる武器……まだ完成しない。本当なら納期何回ブッちぎってるところ？　だから父さん達にひよっこなんて呼ばれるのよ……！」

距離が離れていようとも昇華《ランクアップ》を繰り返したLv．4の聴覚は、その焦りと悲しみに染まった独白を正確に捉えてしまった。少女の正体を悟りつつあるリューは、何とも言えない表情を浮かべながら、静かに近付いた。

「でもっ、だけどっ、まっっったく気が向かないのは事実だし、何で私があの方を捨てたヤツの武器なんか……！」

そして、そんな言葉が聞こえた直後。

うんうんと唸っていたヒューマンの少女は、こちらの気配を察し、はっと顔を上げた。

「だ、誰っ？　貴方……」

慌てて立ち上がった少女が誰何《すいか》する。

独り言を聞かれた可能性を恐れてか、その頬《ほお》はうっすらと赤くなっている。

一方で、リューも彼女の瞳——赤みのかかった双眸《そうぼう》を見て、不思議な感覚に襲われていた。

あえて言うなら、『既視感』と呼べるものに。

「……私はリュー・リオン。ここにいると聞いたアストレア様を訪ねに来ました」

胸を過《よぎ》る奇妙な思いを今は脇に置き、リューは名乗った。

震えかける唇に、緊張していることを自覚しながら、己の正体を告げる。

「アストレア様の…………眷族だった者です」

僅かな沈黙を挟んで、『だった』と付け加えていた。

そこまで聞いた途端、少女の両目が見開かれる。

すぐに彼女はリューを睨《にら》みつけた。

「オラリオの【疾風】……！　アストレア様を捨てた裏切り者！」

その言葉はひたすらに剣呑《けんのん》で、何も間違っていない。リュー自身否定しない。

でなければ、罪悪感に負けて『眷族だった者』などという言い方をしない。

歓迎されるわけがないのだ。敬愛する主神に働いた己の所業を顧みれば。

少女はリューの素性も、犯した行いも聞き及んでいるのだろう。

眉を逆立てて、わかりやすいくらい怒りの表情を浮かべ、今にも摑《つか》みかかろうとしてきた。

「一体何しにっ――!!」

――何しに来た。

そう言おうとしたのだろう。

だが続きは言葉にならなかった。

胸ぐらに伸ばされた彼女の手を、リューの手刀が弾いていたのだ。

「なっ……!?」

「……っ」

少女は勢いよく弾かれた手を押さえ、リューははっとしてしまった。

『認めた者しか肌を許さない』という妖精里の慣習《こきょう》はもとより、少女の敵意に反応してしまった。手袋《グローブ》に包まれた己の右手を忸怩《じくじ》たる思いで見下ろす。

少女がとうとう顔を真っ赤に染める中、自己嫌悪と戦うリューは弁明など口にできず、不器用なまでの言動を取った。

「……私に触れない方がいい。私はいつも、やり過ぎてしまう……」

「なっ、何よソレ⁉」

リューは警告のつもりで言葉を選んだが、少女は『格下』と侮《あなど》られたと思ったのだろう。声を荒らげて激昂《げきこう》する。

目も当てられないくらいの、最悪の出会い。

そんな言葉が脳裏に浮かぶリューを前に、強情なのか負けず嫌いなのか、少女は藍色の髪を揺らして再び摑みかかろうとしてくる。

「先にアストレア様から『恩恵』を授かってるからって、先輩面して――!!」

それは違う。

リューは身構えることもせず、そう否定しようとしたが、

「セシル！　どうしたの！」

「本拠《ホーム》の前で何の騒ぎ⁉」

それよりも先に、別の少女達が姿を現した。

小人族《パルゥム》と獣人。

目の前の少女と同じ制服を纏った亜人《デミ・ヒューマン》達は、果物や木の実を採った籠《かご》を抱えながら駆け寄ってくる。

リューまであと一歩のところまで迫っていた『セシル』と呼ばれた少女は、ぐっと伸ばしていた手を止めた。

リューのことを睨みつけるのは止めないまま、側で立ち止まる少女達に告げる。

「このエルフ、リュー・リオン」

「『……！』」

「逃げ出さないよう、見張ってて。私は……アストレア様のところに行ってくる」

吐き捨てるように告げられたリューの名に、他の少女達もはっとする。

リューもまた、女神の名にぴくりと手が反応してしまう。

木造の館の中に藍色の髪の少女が向かう。残された少女達は顔を見合わせ、何とも居心地の悪そうな顔で言いつけを守った。

リューとともに館──本拠《ホーム》の前まで赴き、左右両隣に陣取る。リューは何も言わない。ちらちらと盗み見されても、酷《ひど》く気まずい無言の時が流れても、少女が消えた本拠《ホーム》の扉を凝視する。

左胸の奥が鳴っていた。

喉が妙に乾き、そのくせ手汗が滲《にじ》んでいく。

知れず、片手で胸を押さえていた。

(その時が来る——)

それが果たして断罪の瞬間になるのか、あるいは感動の再会になるのかはわからない。

だが前者であってほしいとリューは思った。今更のこのこやって来た自分が後者を願ってい
い筈がないと、罪悪感が内罰的な思考に導く。

これでは少年《ベル》のことを注意する資格もない、なんて自嘲《じちょう》して僅かな余裕を取り戻すも、結局
極度の緊張から逃れることはできなかった。

あるいは、この待つ時間こそが、リューへの最大の罰だったのかもしれない。

判決を待つ罪人のように館の前にたたずむことしばらく。

ぎぃぃ、と音を立てて、玄関が開いた。

「……!」

従者のごとく扉を開けたのは、先程の藍色の髪の少女。

ならばその後に現れるのは、彼女と、そしてリューの『主《あるじ》』に他ならない。

長い胡桃色《くるみいろ》の髪。

リューの空色の瞳よりなお澄んでいる、星海のごとき双眸《そうぼう》。

清潔かつ清廉な白い衣《ころも》を纏うその姿は、記憶の中の彼女と何一つ変わっていない。

不変の超越存在《デウスデア》たる女神を前に、リューは震える指で覆面を下ろして、あらゆる感情と一緒

に、その名を唇に乗せていた。

「アストレア様……」

西の空に日が沈んでいく中。

女神アストレアは、茜色《あかねいろ》の光の中で、穏やかに微笑んだ。


「久しぶりね、リュー」

目を見張り、立ちつくし、夕暮れの狭間に取り残されるリューに向かって。

アストレアは鈴のような美しい声を投じた。

まるで五年前までの日々を巻き戻すかのごとく、リューの知る優しげな笑顔と声音をもって。

同時に、故郷に戻った我が子へそうするように、次の言葉を贈った。

「そして……お帰りなさい、リュー」

それを聞いた瞬間、リューの瞳は潤んだ。

二本の細い脚は折れそうになった。

——許された。

いい、いい。

許されてしまったのだと、すぐにわかった。

叱ってほしかった。頬を叩《たた》いてほしかった。アリーゼ達を死なせ、むざむざ自分だけ生き残って、自分本位に──復讐《ふくしゅう》のためだけに──女神《かのじょ》を遠ざけた自分を、天の審判のごとく裁いてほしかった。

しかしアストレアは、子の帰郷を待ちわびていた母親のように、リューを迎えてくれた。

つらい。苦しい。情けない。

そして、浅ましいと自分に失望してしまうほど──こんなにも嬉《うれ》しい。

「旅を終えたのね？」

「……はいっ……」

「貴方の『正義』を、見つけたのね？」

「……は、いっ……！」

アストレアが近付く。

手を伸ばせば届く距離で立ち止まる。

リューは声が詰まっていた。もう目も合わせられなかった。

謝りたいことや、伝えたいことが沢山ある筈なのに、何かが溢《あふ》れ出しそうな胸を押さえることに精一杯となってしまう。アストレアの尊顔《かお》を見ただけで、もう心も体も言うことを聞いてくれなかった。

そんなリューに向かって、アストレアは両手を向けた。

「頑張ったわね、リュー」

「！」

「きっとアリーゼ達も、今の貴方を見て、星の海の向こうで笑っているわ」

抱きしめられる。

アストレアの体に。女神の温もりに。

その時、リューの瞳は耐えることを諦めた。

長年ともに働いてきた酒場の同僚達さえ見たことのない大粒の涙を、ぽろぽろと空色の水面からこぼした。アストレアの召し物を汚してしまうとわかっていても、透明な滴《しずく》は止まってくれなかった。

嗚咽《おえつ》だけは噛《か》み殺す。

手はどこに置けばいいかわからない。

けれど背中に回った女神の両手は子供をあやすように、首まで伸びた髪と一緒に何度も撫《な》でてくる。

だからリューは、震える両手をおずおずと、ためらいがちにアストレアの腰へと回して、お互いの隙間をようやく埋めた。

「積もる話がいっぱいあるの。貴方もきっとあるでしょう？　でも……今、話すのは難しいかしら？」

「は、ぃ……！　もうしわけっ、ありませっ……!!」

「いいの。それでいいのよ。神《わたし》にとっても、この五年は……悠久より長く感じていたんだから」

言の葉を一つ一つ受け止める尖《とが》った耳の側で、アストレアが目を瞑《つむ》り、今も笑ってくれているのがわかった。この再会をアストレアが心から喜んでくれていることが、温もりを通して伝わってくる。

きっと家を飛び出して、決まりが悪く帰ってきた子供はこんな気持ちになるのだと、リューは思った。

自分の場合は生まれ故郷の妖精の里ではなく、アストレアの胸の中だった。

それだけの違いなのだ。

リューは息を震わせ、女神の腰に置いた手に力を込めるのだった。

(アストレア様に抱きしめられてる……！　アストレア様のおっぱいに……！)

(でっっっか……！　いやいやっ、羨《うらや》まっっっ……！)

(私達でも畏れ多くてできないのに出会い頭に恋人《こいびと》みたいに合体して、何なのよこの破廉恥《はれんち》エルフ……！　こいつエルフじゃないわ！　ドエロフよドエロフ!!)

——一方、果てしなく蚊帳《かや》の外に置かれていた三名の少女達は、抱擁《ほうよう》を交わすリューとアストレアを超絶《ウルトラ》凝視して、衝撃に撃ち抜かれていた。

悩ましく、豊かで、すこぶる柔らかそうな女神の谷間に包まれるリューはこの瞬間、下界最大の至福に包まれていると断言できる。眷族の少女達は圧倒されるとともに非常に羨ましそうな顔をしていた。

特にセシルと呼ばれていた少女の眼差しは羨望《せんぼう》を超越して嫉妬《しっと》の炎に昇華しそうなほどで、心中で蠢《うごめ》く言葉も過激の一途を辿《たど》っていた。

「セシル」

「——っは⁉　な、何でしょうか、アストレア様⁉」

親の仇《かたき》のようにドエロフもといリューを見つめていた少女だったが、アストレアの声にびくっと痙攣《けいれん》し、正気を取り戻す。

思わず直立不動の体勢を取ってしまう彼女に、アストレアはリューの体を離し、言う。

「本拠《ホーム》の部屋を一つ、用意しておいて。リューを泊めるわ」

「えええっ⁉　お、お言葉ですがアストレア様っ！　連絡もなしにいきなり押しかけてきた不躾《ぶしつけ》エルフのために、そんなことする必要は……！」

「駄目よ、セシル。そんな言い方したら。リューは貴方達の『先輩』なのよ？」

思わず身を乗り出す少女に、アストレアは心なしお茶目な笑みを浮かべた。

言葉とは裏腹に優しげな声音に、抗議した少女も、他の者達も何も言えなくなってしまう。

「きっと今日は長い夜になるわ。リューもこんな状態だから体を休ませてあげたいの。だから、お願い」

今度はリューではなく、少女が言葉に詰まる番だった。

何かを言いかけようとするも、リューの手足──迷宮都市《オラリオ》から風のように駆け続けてボロボロになった手袋《グローブ》やブーツ──を見て、口を閉ざす。

「…………わかりました」

たっぷりと間を置いて、不承不承を隠そうともせず、少女は渋々と了承した。

アストレアは苦笑を落とし、「シャウ達もお願いね？」と他の少女達に瞳を向けた。

獣人と小人族《パルゥム》の二人は「は、はい！」と声を揃える。

「それじゃあ、リュー。行きましょう？　まずは体を洗う方が先かしら？」

「……はい、アストレア様」

アストレアはそっとリューの手を取り、本拠《ホーム》に向かって歩み出す。

遅まきながら他の者達に見られていたことを思い出し、顔を赤らめるリューは、借りてきた猫のように大人しく従うのだった。


『星《ほし》休む宿』。

五年前オラリオから離れ、この剣製都市《ゾーリンゲン》に新たに据えられたアストレアの拠点は、そう名付けられていた。

都市の工業地帯から見て東に広がる森の奥に存在し、高さは二階建て。【ヘスティア・ファミリア】現本拠《ホーム》『竈火《かまど》の館』とは比べるべくもないが、下手な宿よりは十分に大きい。石造と木造の違いはあるものの、かつての【アストレア・ファミリア】の本拠《ホーム》『星屑の庭』を彷彿《ほうふつ》とさせ、リューはどこか懐かしく思ってしまった。

今、この『星休む宿』にはアストレアとリューを除き、合計六名のヒューマンと亜人《デミ・ヒューマン》が暮らし、生活を送っている。

そして六人の少女達は全員、アストレアの眷族だ。

「それでは、この地でまた新たな【ファミリア】を作られたのですか？」

「新しく作った、というつもりは私にはないのだけれどね。貴方は勿論、アリーゼ達だって私にとっては大切な子供達《ファミリア》だから」

身を清め、強行軍の旅で染みついた汚れを落とした後、リューはアストレアの神室《しんしつ》に招かれていた。

夕日は完全に落ち、外は既に月が浮かぶ夜。

梟《ふくろう》の囀《さえず》りがかすかに響く森の静寂に、館ごと抱きしめられながらリューはアストレアとテーブルを挟んでいた。

「私の派閥は今も昔も、リュー達が呼んでくれていた【アストレア・ファミリア】のまま。……だけど傍から見れば、新生した派閥のように見えるのは仕方がないわね」

アリーゼ達がダンジョンで亡くなり、最後の生き残りとなった自分まで離れたとなれば、この剣製都市《ゾーリンゲン》で眷族を迎え入れるアストレアは『やり直している』風に見えるし、世間だってそう捉えるだろう。

自分が直接の原因となっているだけに、少しの寂寥《せきりょう》を微笑に滲《にじ》ませるアストレアにリューは気の利いたことは何も言えず、慙愧《ざんき》の念を抱くことしかできなかった。

「ともかく、セシル達はあくまで貴方達の『後輩』。アリーゼ達とも違って、みんな色々な思いを持って、それぞれの『正義』を探しているわ」

暗い面持ちを浮かべるリューに、アストレアは新生【アストレア・ファミリア】のことをそう評する。

(『後輩』……馴染《なじ》みのない言葉だ。アリーゼ達がいた時、アストレア様の『恩恵』を最も遅く授かったのは私だった)

むしろ自分が『後輩』と呼べる立場で、若輩者だったという自覚がある。

小人族《パルゥム》のライラや獣人のネーゼ達には、よく『末っ子』だなんてからかわれていたものだ。

少なくとも『先輩面』なんてものはできないだろう、とリューは確信している。

今だってそうだ。

少女達が用意してくれた夕飯を、申し訳なく思いつつもアストレアと二人きりで頂いている。

というのも、現状リューと他の団員達が食卓を囲んでもギスギスするだろうことが目に見えているからだ。

少なくともセシルと呼ばれていた少女に噛みつかれるだろうことは想像に難くない。よろしくない出会いに加え、アストレアに特別扱いされた――彼女の目にはそう見えた――ことが決定的だったようで、リューのことを酷く敵対視している。

彼女の態度に腹を立てようとも、咎《とが》めようとも思わない。

リューが同じ立場だったら、やはり非難を向けていただろう。

自分の都合で女神を一度放り出しておいて、また会いに来た先達など。

ともあれ、『後輩』達と落ち着いて話をすることは難しいだろうというアストレアの計らいで、こうして一人と一柱で食事を取っていた。

「アストレア様は……何故この剣製都市《ゾーリンゲン》に？」

「どうしてもやってあげたいことがあったの。まだ終わっていないけれど……その時が来たら、リューにもわかるわ」

「……？」

食事はすぐに終わり、リューとアストレアは多くの話を交わした。

リューが尋ねるのはアストレアが過ごしたこの五年間で、アストレアが聞きたがったのはリューの近況だった。

復讐に身を焼かれ、一度は灰となって燃え尽きた後、リューはアストレアと手紙を交わしていた。再び『正義』の名を背負うことこそできなかったが、アリーゼ達が守ったオラリオを見届けることが自分の責務だと思い、それと同時に主神であるアストレアには贖罪《しょくざい》も兼ねて取りとめない自分の環境を報告していたのだ。

他ならないアスフィ達【ヘルメス・ファミリア】に依頼して――ヘルメスだけはアストレアの所在を知っていたため届けることができたので――文通を続けていたが、やはり限られた便箋《びんせん》に綴《つづ》る文字だけでは伝えきれない情報や想いが無数にある。

だから二人は喋《しゃべ》った。

アストレアは多弁の神ではないし、リューは彼女以上に口数が少ない方だが、それでも喋り続けた。

空白の五年間を埋めるように、沢山のことを。

暗黒期が終わったオラリオのこと。身を寄せている酒場のこと。アリーゼ達以外にも知己や知人ができたこと。

手紙でも書いた日常と重複もしつつ、それでも自分が見て聞き、感じたものをアストレアに伝えた。

「そう。貴方の手を握れた子が、アリーゼ以外にも……」

「ええ。いきなり握られて、本当に驚きました。ですがベルは尊敬に値するヒューマンです。

駆け出しの冒険者のつもりで導いている筈が、いつの間にか私が導かれていました……」

「ふふっ……リューはその子のことが好きなのね」

「――ごふぅ⁉　ア、アストレア様っ⁉　い、い、いきなり何をっっ⁉」

「だって、そのベルっていう子を語るリューの口調、とっても優しくて、ちょっぴり甘いわ。手紙にもその子のことが少し出てきて、あら？　って思ったけど……だから筆跡があんなに柔らかかったのね。今のリュー、恋をした女の子みたい」

「あ、あっ……アストレアさまぁぁ……！」

しまいにはそんな会話もして、リューはそれこそ話題に上がった少年のように情けない声を出してしまう始末だった。

耳まで赤くして恥ずかしがりつつ、不思議な思いだった。

五年前、アリーゼ達が存命だった時も、アストレアと二人でこんなに話し込んだ経験はない。話すのが苦手だったとか忙しかったとか、決してそんな理由ではなく、【アストレア・ファミリア】の誰も彼もが女神に構ってほしかったのだ。

アリーゼは勿論、年長組のネーゼもリャーナもマリューも、リューと歳が近かったノインもアスタもイスカも、最年少のセルティだって、アストレアが長椅子《ソファー》に腰掛けていればひゅん！と猫のように隣に座り、色々な話題に花を咲かせ、時には相談に乗ってもらっていた。あの輝夜《カグヤ》とライラでさえ、気付けばアストレアの側にいて意見を仰いでいたほどだった。

アストレアは本当に『母親』だったのだ。リュー達にとって。

甘やかしてくれるし、叱ってくれるし、何より正《ただ》してくれる。

だからリュー達はアストレアを慕った。心の拠《よ》りどころにした。

──『正義の剣《つるぎ》と翼に誓って』。

切っかけはアリーゼだったとしても、この誓いの言葉を口にするようになったのだ。

「こんな話をリューとする日が来るなんて……とっても嬉しい。素敵よ、リュー」

今は少女のようにころころ笑う女神に、赤面していたリューは気付けば、唇を綻ばせていた。

まだ碌《ろく》に言葉を交わしていない、あの『後輩』達もきっと、アストレアのことを敬愛している。それだけは確信できる。

こんな温かで、穏やかな時間がいつまでも続いてほしい──そう思ったリューは、静かに目を閉じた。

現実から目を背ける時間に終わりを告げなければならない。

どれだけ名残惜しくても、手放さなくてはならない理由がある。

「アストレア様……聞いてほしいことがあります」

「……いいわ。聞きましょう」

姿勢を正したリューの空気の変化を、アストレアは感じ取ったのだろう。

笑みを控え、鏡のように聞く姿勢を作ってくれた。

「話せば長くなりますが……今のオラリオについて。そして『シル』という、私の知己《ちき》について」

アリーゼの他に、自分の手を握れた人物は二人。

ベルのことを語っておきながら、意図的に避けていたもう一人の人物——いや神物《じんぶつ》について、リューはとうとう語り始めた。

復讐を終えた後、己を救ってくれた薄鈍色の髪の娘《むすめ》。

リューに再生の日々と光をもたらしてくれた知己は神であり、アストレアもよく知る女神。

彼女の『愛』が暴走し、件の少年《ベル》を巡って、今や迷宮都市を揺るがす『大戦』を起こそうとしている——。

胸を焦がす感情を制することに苦心しながら、リューはできる限り整理して現状を伝えた。

「……【フレイヤ・ファミリア】がオラリオを巻き込んで戦争遊戯《ウォーゲーム》をする、そんな風の噂はゾーリンゲンにも届いていたけど、本当だったのね。しかもあのヘスティアや、貴方まで当事者になっていたなんて」

ここへ来る途中、助けた商人や傭兵達も摑んでいた情報だ。アストレアの耳に入っていてもおかしくない。

リューの口からことの全貌を聞き終えた女神は、悲しげにも見える表情で瞼《まぶた》を閉じた。

それはかつてない『派閥大戦』を行おうとするオラリオへの嘆きか、あるいは交流のあった女神への憐憫《れんびん》か。

その胸中を推し量ることはできないまま、リューはアストレアのもとに訪れた『目的』を切り出さねばならなかった。

「お話しした通り、私はすぐにオラリオへと戻り、ベル達と戦わなければなりません。ですから……私の【ステイタス】を更新してほしいのです」

五年前から時が止まった能力《ちから》を──。

リューは星海のごとき瞳から視線を逸らさず、力強く言った。

『シル』の侵略と蹂躙《じゅうりん》が始まる前後で、リューは都合三度の敗北を喫している。

【猛者《おうじゃ》】オッタルに一度、【黒妖の魔剣《ダインスレイヴ》】ヘグニ・ラグナールに二度。

後者に関しては、二度目の敗北こそ【剣姫】達の救援によって有耶無耶《うやむや》になったが、手も足も出なかったとリューは認めている。『シル』を護る強靭な勇士達《エインヘリヤル》に、【疾風】はことごとく敗れたのだ。

「今のままでは、私は再び【猛者《おうじゃ》】達に惨敗するでしょう。それほどまでに彼我の力はかけ離れている。このままでは……ベル達の力になることはできないっ」

「……」

「シルを止めることなど、できない！」

女神へ向ける口振りが、次第に熱を帯びていく。

今日までLv.4のまま戦い続け、数々の過酷を乗り越えてきたリューだったが、明確な限界を感じていた。今のままでは何も変えることはできないと、そう確信してしまうほどに。

「私は彼女の頬を叩いて……！　真意を問いただしたい……！」

だからリューはアストレアのもとへ訪れた。

過去の清算とともに、新たな力を得るために。

「どうかお願いします、アストレア様！　愚かな私の背に、もう一度貴方の神血《ち》を……‼」

言葉の一つ一つに当時の悔恨を滲ませ、リューは立ち上がった。

沈黙が流れた。

妖精の眼差《まなざ》しを、アストレアはじっと見つめ返し、受け止める。

「……わかったわ」

やがて、頷いた。

その際、胸に去来した感情が単純な安堵《あんど》なのか、安易に神へ縋《すが》る後ろめたさなのか、都合のいい自分に対する罪悪感なのか、リューには判別がつかなかった。

だから、ただただ深く感謝して、上着を脱いだ。

「五年振りね。リューが背中を委ねてくれるのは」

「はい……」

「少し、体が細くなった？　ちゃんとご飯は食べている？」

「シル達との一件があって……食は遠ざかっていたかもしれません」

「そう……。ごめんなさい、無神経で」

「いえ……アストレア様がお気になさることではありません……」

空になった食器を片付け、二つの椅子を部屋の中央に寄せ、どちらからともなく腰かけて。

アストレアはリューの心情を察してか、【ステイタス】更新の準備を進めながら雑談と呼べる話題を振り続けた。上半身を生まれたままの姿にしたリューは、首を覆うまで伸びつつある髪を右肩から前へと逃し、片腕で胸を覆いながら、その心遣いに甘えた。

今からわかる『結果』に、暴れる鼓動を抑えきれない。

熟練度はどれほど上がるのか？

『発展アビリティ』の有無は？

新たな『魔法』と『スキル』は発現する？

何より【ランクアップ】は本当に可能なのか——？

この更新結果次第でリューの命運は決まると言っていい。

『派閥大戦』にどれだけ寄与できるのか、ここが分水嶺。

知れず拳を握りながら、リューはこの時ばかりは願った。

冒険者業から離れ、旅の半ばで歩みを止めていたとはいえ、ベル達のために戦い続けた分だけでもいいから、見返りをもらいうけたいと。

（どうか私に力を。ベル達を助け、シルを止めるための武器を！　すぐにここを発ち、一刻も早く彼女達のもとへ――!!）

リューの関心は【ステイタス】更新の更に先の未来――すなわち『大戦』のもとに飛んでいた。いっそ逸《はや》るくらい、約束されている過酷のもとへ意識を馳《は》せていた。

そんな強張《こわば》る背中を、女神の瞳は見ていた。

細い背中から感じる鼓動も、焦燥も、全て見透かしていた。

「始めるわ」

短い宣言に、リューが息を止める。

すぐに、赤い血を纏った女神の細い指が妖精の背を踊った。

まず知覚したのは、封じられていた錠《ロック》が解錠される感覚。

次いで隠れていた星の剣と翼の象徴《シンボル》が浮かび上がり、神血《イコル》が水面のように波紋を広げていく。

書き加えられる【神聖文字《ヒエログリフ》】。

抽出されては血肉となっていく【経験値《エクセリア》】。

頁《ページ》をめくるように、数えきれない文字群が流れていくのがはっきりとわかる。

【ステイタス】の更新は長かった。

リューが経験してきた中でも最長と呼べるほど時間を要した。

アストレアも口にした通り、五年分の【ステイタス】更新、五年もの間に蓄積され続けてきた【経験値《エクセリア》】だ。その反映は通常の更新作業の比ではなく、口を噤《つぐ》むリューには永遠に感じられた。

アストレアもまた無言となって、リューの背中に記される『眷族の物語《ファミリア・ミィス》』を読み取っては新たに綴《つづ》っていく――。

「っ」

「……？」

その時だった。

アストレアの指が不自然に止まった。

すぐ後ろで、小さな驚倒が爆《は》ぜたような気配。

それが『二つ』も。

二種類の衝撃を孕《はら》んだ女神を怪訝《けげん》に思い、リューが横顔だけでも背後へ向けようとした瞬間、アストレアは何事もなかったように作業を再開させた。

リューの抱いた疑問は、しかしすぐに塗り潰されることとなった。

他ならない『全能感』の拡張によって。

「っっ――!!」

いい、昇華した。

心の奥、魂までノックされた感覚の後、そう確信してしまうほど今までにない『熱』がリューの内側に芽吹いた。

迷宮都市《オラリオ》では『第一級』と明確に線引きされている境界。

その向こう側に足を踏み入れるというのはどういうことなのか、リューは言語化の術《すべ》はなくとも悟ったのだ。

ほどなくして、女神の指の動きが完全に止まる。

「……終わったわ」

静かな、けれど深い吐息が響く。

眷族のために支払った長い集中力が疲労を呼んでいる。その女神の心労をわかっていながら、リューは自身に刻まれた『神の恩恵《ファルナ》』の結果が気になってしょうがなかった。

冷静になるように息を吸い、ずっと握りしめていた拳を解《ほど》くも、結局冷静にはほど遠かった。

なぜならば事前に用意しておいた細い水瓶《すいびょう》から水をつぎ、アストレアのために手渡すも、片腕で胸を隠した裸のままの状態であったから。

普段のリューならば神の目を汚さぬよう、すぐに服を着ることを知っているアストレアは、思わず「ふふっ」と苦笑した。

椅子に座り直し、平静を気取りながら、その実そわそわする愛しい子のために、すぐに更新用紙へと『結果』を書き写す。

「これが今のリューの【ステイタス】よ」

差し出された用紙を、リューは意を決して受け取った。

リュー・リオン
Lv.5
力：I0　耐久：I0　器用：I0　敏捷：I0　魔力：I0
狩人：G　耐異常：G　魔防：I　魔導：I

《魔法》
【ルミノス・ウィンド】
・広域攻撃魔法。
・風・光属性。
【ノア・ヒール】
・回復魔法。
・地形効果。森林地帯における効力補正。

《スキル》
【妖精星唱《フェアリー・セレナード》】
・魔法効果増幅。

・夜間、強化補正増幅。
【精神装填《マインド・ロード》】
・攻撃時、精神力《マインド》を消費することで『力』を上昇させる。
・精神力《マインド》消費量含め、任意発動《アクティブトリガー》。
【疾風奮迅《エアロ・マナ》】
・疾走時、速度が上昇すればするほど攻撃力に補正。
【正義継巡《アストラエ・ヴァルマス》】
・器力共鳴《ファルナ・エフェクト》。
・発現者の一定範囲内に存在する同神血《イコル》の眷族への所持スキル効果増幅。
・発現者の一定範囲内に存在する同神血《イコル》の眷族への『魔力』及び精神力《マインド》加算。
・発現者の一定範囲内に存在する全眷族への精神汚染に対する中抵抗《レジスト》付与。
・常時発動《パッシブ・オン》。
・増幅値及び加算値及び付与率及び効果範囲は階位《レベル》反映。

（Lv.5——‼）

その数字が視界に飛び込んだ瞬間、リューは一際強い心臓の音と、強烈な安堵を感じた。

まずは最低限。

最低限の昇華《しょうか》を達成《クリア》し、戦場に立つことを許された。

あの強靭な勇士達《エインヘリヤル》との決戦の舞台に。

リュー自身、停滞とすら思っていたこの五年間は、決して無駄ではなかったのだ。

Lv.5に至ったという事実が、そんな風に慰めてくる。

もともとアストレアと別れる前、リューは既にLv.4の最上位に上り詰めていた。そこから【ルドラ・ファミリア】を含めた闇派閥《イヴィルス》の討伐、『豊穣の女主人』に身を寄せた後も絶えなかった騒動《バ》×面倒事《タバタ》、何より激動だったこの半年間。リューは【ランクアップ】に必要な上位の【経験値《エクセリア》】を十分過ぎるほどに得ていたのだ。

今もどくどくと鳴る胸の内側を、ゆっくりと落ち着かせていったリューは、あらためて更新用紙に視線を走らせた。

（基本アビリティ……熟練度は全能力値《オール》0。これは【ランクアップ】直後と顧みれば仕方ないか）

きっとLv.4の数値に反映――つまり潜在値《エクストラポイント》としてアストレアが還元してくれている筈だ。

Lv.4の最終能力値も後で確認させてもらった方がいいかも知れない、と思いつつ、他の項目にも目を向ける。

「修得できた『発展アビリティ』は……『魔導』」

「ええ。今回の【ランクアップ】では二つしか選択肢がなかったから、魔法に関わるものを優先したわ。勝手にやってしまったけど、大丈夫だった？」

「勿論です。このアビリティがあれば私の魔法も格段に強化される」

【ランクアップ】に際して修得権が生じる『発展アビリティ』の中で、リューが新たに得たのは『魔導』。

Ｌｖ.２以上になった魔導士にとっては必須とも言えるアビリティで、魔法の発動時に魔法円《マジックサークル》の展開が可能となる。魔力の増幅や精神力《マインド》効率化など、術者の魔力色を帯びる魔法円《マジックサークル》の恩恵は計り知れない。魔法職はこのアビリティを得てからが『本番』と言われるほどだ。

『並行詠唱』の使い手として、これまでは『魔法が使える前衛』に属していたリューだったが、これからは正式に『魔法剣士』と名乗れるようになった。

役職や称号そのものに興味はないが、リューが持つ最大火力の必殺《ルミノス・ウィンド》が強化されるのは存分に喜ぶべき事柄だ。

（何より、『魔法』こそ発現しなかったが……この四つ目の『スキル』は……）

そして最後。

『スキル』スロットに新たに刻まれた【正義継巡《アストラエ・ヴァルマス》】。

その能力は記されている通り、酷く複雑であり、多重的だ。

アストレアと確認し合ったところ、リューが宿しているものと同じ神血《イコル》を持つ眷族に、その本人が持つ『スキル』効果の増幅と魔法面の強化を与えつつ、精神汚染に対する中抵抗《レジスト》は神血《イコル》条件なしに付与するというものだった。後者はたとえ敵であったとしても。

この『スキル』の強化対象はどうやらリュー自身も含まれているらしく、相当に強力な『スキル』であることが窺《うかが》える。

だがリューは『スキル』の能力とは異なる場所で、ある人物のことを想起せずにはいられなかった。

（アーディ……）

それはリューにとって大切の者の名だった。

以前、最大賭博場《グラン・カジノ》潜入の際に見逃してくれた【ガネーシャ・ファミリア】団長シャクティ・ヴァルマ。リューが尊敬するヒューマンの一人である彼女には、妹がいた。

それがアーディ・ヴァルマ。

アリーゼと並んで知己と呼べる存在であり、彼女もまた七年前の『正義』と『悪』の争乱の中で命を落としている。

そんな彼女に、リューは黄昏《たそがれ》の空の下、教わったことがあった。

『正義は巡る』――と。

その言葉はリューの心を支える教えでもある。

であれば新たに発現したこの『スキル』も、リューがアーディの正義を受け継ぎ、巡った証ではないかと強く思った。『正義の旅』を終えたこの時機《タイミング》で、友《アーディ》の教えは【ステイタス】にも芽吹いたのではないか、とも。

涙の出入り口に刺激が走ったが、瞼を閉じることで遮る。

リューはまだ何もなしていない。

ならば、まだ泣くわけにはいかない。

「……アストレア様、ありがとうございます。無事、望んでいた力を得ることができました」

本音を明かすならば。

これでもなお【フレイヤ・ファミリア】に太刀打ちできるか危うい。

リューは冒険者として、そう捉えている。

それほどまでにリュー達が戦おうとしている強靭な勇士《エインヘリヤル》とは規格外の存在であり、都市最強の軍勢だ。個々の戦闘能力ならば、あの都市最大派閥《ロキ・ファミリア》を上回るほどに。

だが、これ以上の力を欲するというのは、ないものねだりというもの。

当初の目的を達成したリューは、遅まきながら真裸であったことに気付き、耳の先端を赤らめた。

いそいそと着替え、アストレアに向き直る。

「慌ただしくて申し訳ありませんが、今すぐ私はオラリオに――」

──戻らせていただきます。

逸《はや》る手足に突き動かされ、そう口にしようとした。

そう口にしようとして、阻まれた。

「リュー」

静かな声音だった。

先程までと変わらず。

神威《しんい》も込められていない。

しかしリューは、眼前の女神から発せられた己の名に、全ての動きを止めてしまった。

星の海のごとき双眸に射られていると、神が告げる。

「貴方はまだ、オラリオに行っては駄目」

「……⁉」

「貴方はまだ、この剣製都市《ゾーリンゲン》に残りなさい」

耳を疑った。

何と言われたのか、理解することすら拒みそうになった。

四肢が獣のように震えてしまう中、アストレアは変わらぬ声音で述べる。

「貴方の言う『シル』……私が知る『女神』を止めるというのなら、貴方はまだここに残らなくてはいけない。オラリオに戻ったところで、戦局を覆すことはかなわないわ」

「っ……！　それは重々承知しています！　敵は強大っ、だからこそ早くベル達のもとへ戻り、協力して策を練らなければなりませんっ！」

神託めいた断言が敗北の運命を示す。

自覚していたとはいえ、アストレアの口から告げられたリューは存外に動揺し、胸をかき乱され、気付けば声を荒らげてしまっていた。

「いつ『派閥大戦』の詳細が決まり、戦端が開かれるか知れない状況です！　準備する時間はいくらあっても足りません！」

「その準備をここでしなさい。そう言っているの」

「なっ……⁉」

――アストレア様は何を言っている⁉

敬愛してやまない女神に、今ばかりはリューは混乱とともにそう思ってしまった。

戻る必要があるというのに、残れと言う。

時間がないというのに、浪費《ろうひ》しろと言い渡す。

全くもって支離滅裂だ。彼女の神意《しんい》がわからない。しかし、リューの方が理路整然と訴えている筈なのに、まるで『間違い』を口にしているような錯覚に陥ってしまう。

それほどまでにアストレアは迷いがなく、毅然とし、落ち着いたままだった。

女神は今も、立った姿勢でたじろぐリューのことを真っ直ぐ見つめている。

「っっ……お言葉ですが、この地に残ったところで得られるものは何もありません！」

「私が発現可能な貴方の『魔法』をあえて刻んでいない。そう言っても？」

「っっっ⁉」

今度こそ、リューは絶句した。

「付け加えると、その『魔法』はとても強大な力。今回発現した『スキル』同様、『正義の旅』を終えた貴方の集大成と言えるもの。これさえあればフレイヤの強靭な勇士《エインヘリャル》にも届く……神《わたし》はそう捉えている」

頭を真っ白にしてしまうリューは、アストレアは『リュ《こ》ーが真《う》っ白に《な》ってしまう《る》こと』がわかっていたから、『この地に残れ』という『結論』を先に言い渡していたのだと、心の片隅で悟った。

これでは人質も同然だ。

本当にその『魔法』が起死回生の力を秘めているというのなら、リューはアストレアの神意に従わざるをえない。

どんなにベル達のもとへ戻りたくても、女神の気が済むまで剣製都市《ゾーリンゲン》で過ごすしかない！

「なぜっ、どうしてっ、そのようなことを……⁉」

アストレアは不純な嘘《うそ》などつかない。

アストレアは意地悪などしない。

だから本当に、リューには発現可能な『魔法』が存在する。

だからこの行為にも、きっとリューでは見通せないほどの意味がある。

しかし、それがわかっていても、リューは言わずにはいられなかった。

「時間がないというのにっ、こうまで力を欲しているというのにっ……どうして、その『魔法』を与えてくれないのです……!?」

縋るように、そう求める。

「今の状態では使いこなせないから。心が逸り、焦りで目が曇《くも》ってしまっている貴方には」

アストレアははっきりと、そして諭すように言った。

「何より、アリーゼ達のことを忘れかけている……今のリューには」

暴れ狂う衝動が、一瞬静止した。

空色の瞳が、大きく見開かれた。

その名前を聞いて、細く尖った妖精の耳が、ある声々を幻聴した。

——落ち着いて、リオン。

赤い髪の少女が、そっと小指を握ってくれた気がした。

——相も変わらず未熟者め。

黒い髪の剣客が、鼻を鳴らしたような気がした。

——少しは成長したんじゃねえのか、末っ子《はた》～？

小人の少女が、ニヤニヤと笑いながら腰を叩《たた》いたような気がした。

残る七人の少女達も、リューの肩や頭を叩いて去っていく。そんな風に感じた。

この部屋にはリューとアストレアしかいなくて、寂しい筈なのに、五年前のあの場所に戻ったようだった。みんながいた『星屑の庭』に。

【ステイタス】の更新を終えた背中が、十の熱を宿している。

「リュー、理不尽だと思ってくれていい。私を信じろとも言わない。その代わり、アリーゼ達の姿を思い出して。そしてもし、あの子達の声が聞こえたら……どうか耳を澄ませて」

ゆっくりと椅子から立ち上がったアストレアは、リューの前でそう言った。

いつの間にか手の中から更新用紙を滑り落としていたリューは、右手を持ち上げ、胸に押し当てていた。

無意識の行動だった。

もう幻聴なんて聞こえない。

しかしリューの中で荒れ狂っていた嵐は、ひとまずの鎮まりを見せていた。

ややあって、アストレアは頃合いを見るように、今後の予定を提案した。

「『器』が昇華《しょうか》して、心身の間で『ズレ』が発生している筈。まずはその『ズレ』を、この地で解消していきなさい」

「…………それならば、ダンジョンでやった方が遥かに効率的です」

「そうね。それは否定できないわね」

リューが珍しく唇を尖らせるようにして言うと、アストレアは苦笑した。

アストレアの神意は、やはりわからない。

不満はある。

少し冷静になった今でも、納得はできていなかった。

しかしどんなに不服でも、アストレアへの信頼が勝《まさ》った。

リューはそれほどの時と絆を、目の前の女神と交わしている。

「私は今、初めてアストレア様に反抗心を持っています」

「初めて出会った時みたいに？」

「そ、それはっ……！　……はい。あの時のように、貴方の言葉を素直に受け止めるのが難しい」

オラリオに来たばかりの頃で、雨の日だった。

他種族の人間、何より自分に絶望して迷子になっていたリューは、そこで初めてアストレアと出会い、八つ当たりともいえる言葉をぶつけてしまった。

それを掘り返されたリューは頬を羞恥で赤らめ、けれどこちらを優しく見守る女神に向かって、胸の内を吐露した。

「ですが、貴方を信じます。貴方を信じられない私なんて……正義の眷族でもなければ、誇り高い妖精でもない。融通の利かない……ドワーフより頑固者のエルフです」

「……ふふふっ。リューの口から、そんな言葉が聞けるなんて」

変わったのね。

成長したのね。

そんな風に呟いて、アストレアは長く伸びつつあるリューの髪を撫でた。

「ありがとう、リュー」

片目を瞑《つむ》り、手の平の温もりに身を委ねたくなったリューは、それでも礼を取り、アストレアの前から離れた。

失礼します、と扉を開け、退出する。

ついさっきまで聞き耳を立てていた少女達《だれか》は慌てて去った後だった。

「ベル……シル……。もう少しだけ、待っていてください」

廊下の窓から見える星空に向かって、リューは詫《わ》びるように呟いた。

◆

「リューには悪いけれど……今はこうするしかない」

眷族である妖精が退出した後、アストレアは床に落ちていた更新用紙を拾い上げながら、そう呟いた。

「私がリューとともにオラリオへ行く……いいえ、やはりそれも駄目ね。『派閥大戦』の機運が高まることによって、都市の熱気が、そして重圧が、あの子から平静さを奪う」

更なる焦燥を駆り立てる結果となる。

今のリューの心境と、オラリオの状況を鑑みた上で、アストレアはそのように考えた。

迷宮都市から遠く離れたこの地でこそ、最初で最後の『修行』ができると。

「それに……これも前代未聞。私自身、何が正解かわからない」

困ったような、途方に暮れるような、それでいて笑うしかないといった風な表情を浮かべるアストレアは、拾い上げた用紙とは別、もう一枚書き記しておいた更新用紙を取り出した。

リュー・リオン
Lv.4
力：D587　耐久：D501　器用：S935　敏捷：S954　魔力：S900
狩人：G　耐異常：G　魔防：I

それはリューのLv.4の最終更新値。

アビリティ評価Sが並ぶ優秀な能力《ステイタス》にもかかわらず、まるで難産の代物のように、苦笑いするのだった。

「こういうことは、ヘルメスやロキの方が得意なんでしょうけど……私も精一杯、頭を悩ませるしかないわね」

3

熟睡には、ほど遠かった。

用意してもらった空き室の寝台《ベッド》に体を横たえても、眠気は訪れることなく、むしろ不安が瞼の裏側に巣食う始末だった。

オラリオに戻らなくていいのか。戦争遊戯《ウォーゲーム》はどうなるのか。このまま大戦に間に合わなければ、ベルやシル達はどうなってしまうのか。

森の静寂でも消せない葛藤《かっとう》がリューを苛《さいな》み、気付いた時には朝になっていた。

体は少し休まったが、頭は重い。

皮と骨の内側に鉛《なまり》が埋め込まれているようだ。

「……彼と過ごした『深層』の四日間と、比べるべくもない」

頭部が発する倦怠感《けんたいかん》がリューから起き上がる気力を奪おうとするが、ねじ伏せた。

堕落《だらく》の魅了に屈してしまえば、それはもはやリュー・リオンではない。

まるで平時と変わらないように、音も立てず立ち上がり、日も出ていない早朝から活動を開始する。輝夜《カグヤ》やライラ達に散々『糞真面目』とか『頭でっかち』などと揶揄《やゆ》されてきた経歴は伊達《だて》ではないのだ。

剣製都市《ゾーリンゲン》滞在二日目。

『星《ほし》休む宿』を出たリューは、まず小川に向かった。

昨日ここに来る中で森の大体の地理は把握している。

工業地帯が付近にあるので眉をひそめる結果になるだろうと思っていたが、小川の水は澄んでいた。意外に思いつつも、ありがたく顔を洗わせてもらう。

唇や舌も潤しておくと、ふと髪が伸びた自分の相貌《そうぼう》が水面に反射する。いつも自分の髪を切ってくれる薄鈍色《うすにびいろ》の髪の娘は今はいない。目を伏せるように視線を切ったリューは頭にこびりつく重みと鈍痛を追い出し、木の根本に立てかけておいた《小太刀・双葉》を回収した。

「一時《いっとき》も無駄にできない……。始めますか」

そう言って、手頃な幹に近付く。

オラリオを離れても世は晩秋。比較的寒冷《かんれい》の土地である剣製都市《ゾーリンゲン》でも緑の景色は失われ、木々が纏うのは枯れ葉を目前にした朽葉色《くちはいろ》の外套《コート》だった。巡りゆく季節のために、時間をかけずこの大木も葉を落とすだろう。

時計の針を少しだけ早めることに、すみません、と森を愛する妖精は断りを入れた。

「ふっっ！」

自重を感じさせない回転、そして槍《やり》のような蹴撃。

十分に加減されて放たれた靴裏を幹が受け止めた瞬間、岩が激突したかのような音が鳴り響く。大木は揺れたかと思うと、頭上から多くの葉々を散らした。

この時、既に顔をしかめていたリューは、舞った。無言で二刀の小太刀を振るった。

一閃の残像が消えぬうちに四閃、次の斬撃が走った時には十三閃。

秒を刻む勢いで繰り出される銀の刀閃が、舞い落ちる葉をことごとく捉えていく。

何十、あるいは数百にも届こうかという朽ちかけの葉は地に落ちる前に、時には縦一閃に、時には横一閃に両断されていった。

そんな疾風の舞いを演じる間も、リューの顔の険しさは消えるどころか、深まっていた。

「っっっ――――!!」

最後の一枚。

右手が携《たずさ》えた小太刀が逆袈裟《ぎゃくけさ》に振り上げられ、一瞬真空を生み出したかのように、ごく僅かな気流が発生する。

ふわりと、葉はおろか前髪が泳いだ。

しばらく残心していたリューは、ゆっくりと構えを解き、小太刀を鞘《さや》に収めた。

三分ほど前にはなかった葉々の薄い絨毯《じゅうたん》が足もとに広がっている。

間もなく無言のまま腰を折り、手を伸ばして、あるものを拾い上げる。

「……的確に斬れていない。抉れている」

指が挟むのは一枚の葉で、それは虫食いより酷い形にむしり取られていた。まるで小さな颶風《ぐふう》の牙が喰らいついたかのように。

斬撃が命中したのではない。昇華《ランクアップ》したリューの凄まじい『力』が、一撃を繰り出す、その挙動だけで獰猛《どうもう》な風圧を生み出したのだ。葉々は小太刀の刃が断ち切るより先に、リューという『嵐』に巻き込まれたせいで破壊されたのである。

正確な斬撃、『技』が見舞われていない。

激上した能力《ステイタス》を制御できていない証だ。

【ランクアップ】して生じた心身の『ズレ』が、誤差と言うには大き過ぎる力の暴走を生んでいる。

「Lv.5……ここまでとは」

開いては握ってみせる五指を、まるで自分のものではないかのように凝視《ぎょうし》していたリューは、周囲を見回した。

地面をざっと見回しても、綺麗《きれい》に切断されている葉は全体の三割を切るか。

歴戦の【疾風】をして著しく低い精度、と言わざるをえない。

肉体と精神が一切合致せず、昇華《ランクアップ》の反動に振り回された結果が、リューの喉から失望と嘆きの息を引きずり出す。

（まだ一度試したに過ぎないが、こうまで御《ぎょ》することができないとは……。私の場合、もう長

くLv．4……いや、同じ【ステイタス】のままでいたことにも原因があるのでしょうが）

リューは七年前にLv．4へと至り、能力値《アビリティ》でさえ五年前から停滞したままだった。

通常の【ファミリア】とは異なり、アストレアを遠ざけたリューは五年前から一度たりとも【ステイタス】更新をしていない。五年以上【ランクアップ】していない——たとえばLv．1からLv．2の壁を越えられない冒険者などといった——眷族はごまんといるだろうが、ずっと同じ能力値《アビリティ》、所謂《いわゆる》『縛り』の状態で戦っていた者は皆無だろう。【経験値《エクセリア》】を獲得しておきながら【ステイタス】に反映しない真似など、自殺行為に過ぎない。

言わばそんな『自殺行為』の状態のまま戦い続けていたリューの感覚は、進化とも呼べる急激な『器』の昇華に仰天し、大混乱《パニック》に陥っている真っ最中なのだ。

予想の域にはなるが、たとえばLv．5に到達した際の【剣姫】と今のリューでは、前者の方が遥かに速く『心身のズレ』に順応してのけるだろう。

（これは……存外に『調整』には手間と時間がかかるやもしれない）

冷や汗に近い感覚が皮膚の下を蠢《うごめ》き、危惧《きぐ》を抱かざるをえなかったリューは、

「……いい加減、出てきなさい」

背後に空色の瞳を向け、そう告げた。

がさがさっ！　と泡を食ったように茂みの一角が揺れる。

「私が厚顔無恥《こうがんむち》であるエルフなのは否定しませんが……それでも盗み見されるのは気持ちのい

いものではない」

「――ぬ、盗み見してたわけじゃない！」

「うんうん、見とれてただけだよね」

「口を半開きにして、ビビりながらね……」

「シャウ！　イセリナ！　黙ってて！」

茂みの中から真っ先に現れたのは藍色の髪のヒューマン、セシルで、小人族《パルゥム》の少女、狼人《ウェアウルフ》の少女がぼそっと呟いた後、再び怒鳴った。

葉を断つ訓練の途中から、彼女達が隠れて窺《うかが》っていたのは気付いていた。

おそらくは朝早くから館を出たリューに気付き、追ってきたのだろう。

茂みから歩み出てくるのは三人のみで、後の団員は主神《アストレア》を一人にさせないための留守番だろうか。

「何か用ですか？」

「用なんてないっ！　ない、けど………アストレア様に言われたから」

言い返したかと思えば、少しだけばつが悪そうな顔を浮かべて言い淀《よど》むセシル。

自分達は嫌いな先達に用事なんて絶対にないが、アストレアに頼まれて仕方なく。

リューが相手の言い分を正確に汲《く》み取り、言葉を待っていると、少女は無愛想に言った。

「あんたの『調整』を手伝ってあげて、って」

リューは驚きを隠さなかった。

その間にもセシルは渋々と右肩にかけていた背嚢《はいのう》――筒形のバックパックから木刀を始め、刃を潰《つぶ》した模擬武器を取り出した。仲間に分け、リューには木刀を放ってくる。

咄嗟《とっさ》に受け取ってしまったリューは、いい木刀《けん》だ、と手の感触を通じて場違いにも思ってしまった。

「……正気ですか？　アストレア様に何と告げられたのかは知らないが、やめた方がいい」

「私達はアストレア様にお願いされたの！　なら断れるわけないでしょう！　ぽっと出てきた先達《あんた》の言うことは聞いておいて神意は放り出すなんて、眷族失格よ！」

侮辱などと受け取られないよう努めて真心から忠告したつもりだったが、セシルは意固地になって言い返した。

それほどリューへの嫌悪感より、アストレアへの忠誠や尊敬が勝るのだろう。

『天秤を模した剣と翼』――【ファミリア】のエンブレムが刻まれた左肩の片外套《ペリース》を揺らしながら、自分の胸に手の平を押し当てた。

「それに私とイセリナはＬｖ．２よ！　そこいらのモンスターやごろつきより、よっっっぽどやれるんだから！」

「待って待って、シャウはＬｖ．１ですから～！」

鼻息荒くのたまうセシルの斜め後方で、己をシャウと呼ぶ小人族《パルゥム》の少女が半分泣いているような顔で両手を伸ばし服を引っ張っている。イセリナと呼ばれた狼人《ウェアウルフ》の少女は溜息を隠していない。

あの【アストレア・ファミリア】だ。たとえ『後輩』だろうと正義の女神《アストレア》にしごかれ——いやいや見守られて育ったというのなら、戦う力は備えているだろう。

『正義』とは意志なき力に抗う宿命を持っている。それと同時に『正義』は力なき意志では現実に立ち向かえないことを知っている。

「だが、今の私は『Lv.5』だ」

故に、リューははっきりと告げなければならなかった。

もし彼女達が今、『正義』を名乗る立場にあったのなら、対立する『悪』として相対するリューは少女達の意志をも呑み込む『暴力の化身』であると。

「貴方には昨日も言いましたが……私はいつもやり過ぎてしまう」

「「っ……⁉」」

脅すつもりは、少しあったかもしれない。

『訓練』になるわけがないと、心のどこかで疎《うと》んでいたのは否定できないかもしれない。

敵意も殺気も乗せず、ただ淡々と告げるにとどめたつもりだったが、少女達の変化は劇的だった。

セシルとイセリナは息を呑み、小柄なシャウに至っては青ざめている。

構えも何も取らないリューの実力を、片鱗《へんりん》に過ぎずとも感じ取ったのだろう。

葉々を怒涛《どとう》のごとく斬り払っていた先程の訓練風景も思い出し、目の前の妖精が『竜』よりも強大な存在であると、正《ただ》しく悟ったのだ。

『やり過ぎる』という言葉にも嘘がない、生真面目で不器用なエルフだということも。

リューから視線を向けられていたセシルは、喉に汗を伝わせた後——勢いよく装備品《ハンマー》を正面に構えた。

「……やってみなきゃわかんないでしょう！」

他の二人の少女は天を仰ぎ、間もなく彼女の動きに倣《なら》った。

リューもまた、嘆息は胸の奥にしまった。

もはや反感の塊と化しているセシルが意固地になっているだけ、とは言わない。

リューはこれを『儀式』と捉えた。禊《みそぎ》にはなりえない派閥の通過儀礼。

突然現れた我が物顔の先達と剣戟《けんげき》を交わし、相互の理解を少しでも深めるための切っかけとする、神の眷族《ファミリア》流の交流会であると。

（まさか本当に、彼女達が私の『調整』に貢献するとアストレア様がお考えになっているのなら……楽観的と言わざるをえない）

もしそうだとしたら、昨日は堪《こら》えた不満が再燃してしまうかもしれない。

脳裏にちらついた娘達《シル》の幻影を何とか振り払い、リューは浅く腰を落とした。

「来なさい」

鎚、双剣、短杖と短剣。

それぞれの武器を構える少女達は気圧《けお》されながら、それでも飛びかかってきた。

「やるわよ！」

先達と後輩の交流会は、一分と持たなかった。


最後尾、最も足の遅い小人族《パルゥム》の少女に肉薄、強襲。

「いっっ⁉」

防御回避はおろか反応も許さず、高速の水面蹴り。

「なぁっ⁉」

瞬時に次の動きへ繋げ、虚を突かれた狼人《ウェアウルフ》の少女の斜め後方から、握り込んだ柄《つか》の一撃。

「はっ――？」

片やシャウ。地面すれすれを一閃した足刀に蹴り払われ、両足が地面から離れた小さな体が球《ボール》のように空中を四回転する。

片やイセリナ。彼女の肘が惜しくも防御態勢を取ったが、すり抜けるように木刀の柄頭がガラ空きだった脇腹に叩き込まれ、両目をかっ開きながら横手へと吹き飛ぶ。

知覚できなかった一瞬の『蹂躙《じゅうりん》』に呆けているセシルの延髄に、リューは木刀の切っ先を突き付けた。

「続けますか？」

「っっ……このぉぉぉ!!」

階位《レベル》という絶対的な差を叩きつけられてなお、藍色の髪の少女は折れなかった。

どさっどさっ！　とシャウとイセリナが地面に倒れた音とほぼ同時、振り向きざまに鎚を一閃する。リューは全く危なげなく回避し、冷たい風のように打ち合った。

Ｌｖ．２という言葉に嘘はない。

踏み込みは地面を深く削り、繰り出される一撃は命中すれば岩をも砕く威力。

立ち回りもまずまず。昇華《ランクアップ》した過程は知る由《よし》もないが、これならばオラリオのダンジョンでも14階層あたりまで十分に通用する。

（長い棍《こん》に軽量金属《ライトメタル》の鎚頭《ハンマー》……）

セシルの得物は槍とは言わずとも長い柄《え》を有していた。

ハンマー部分は軽量金属《ライトメタル》製で確かに殺傷能力は抑えられているが、セシルの膂力《りょりょく》と思いきりの良さもあってなかなかどうして強く、鋭い。

『技』や『駆け引き』はリューの目から見ればまだ甘いにもかかわらず、一撃一撃が堂に入っている。

（一鎚入魂《いっつい》とでも言うべき重み……彼女はもしや）

時には横へ、時には後ろへ下がり、木刀で攻撃をずらして往《い》なしては躱《かわ》すリューは、所見を口にした。

「貴方は『鍛冶師《かじし》』か」

「!!」

あっさりと見破ったエルフに、セシルの瞳が見張られ、上半身が僅かに揺れる。

彼女の気が済むまで受けに徹していたが、その隙を見逃せるリューではない。

失態を咎《とが》めるように木刀を閃かせ、少女の手からハンマーを弾き飛ばした。

「うぐっっ⁉」

「合点がいった。この木刀を始め、貴方達の装備が優れているのはここが剣製都市《ゾーリンゲン》だからではなく……貴方という上級鍛冶師《ハイ・スミス》がいたからだったのですね」

得物を飛ばされた衝撃でセシルが尻餅をつき、舞ったハンマーが大樹に受け止められる中、リューは一人悠然と木刀を両手で確かめた。

いい木刀《けん》だ、とは感じていたが、上級鍛冶師《ハイ・スミス》が用意した品だというのなら頷ける。武器はもとより、彼女達が纏う戦闘衣《バトル・クロス》、【ファミリア】の制服もセシルのお手製なのだろう。防御性と軽量性を兼ね備えている上質の衣は彼女が丹精して作ったに違いない。

これはきっと【ファミリア】の者達も感謝し、誇らしいだろう、とリューは目を向けたが、一方の少女達はそれどころではなかった。

シャウは打撃された片足を抱え「んにゃあああああ⁉︎」とゴロゴロ地面の上を何度も転がっているし、脇腹に柄頭を叩き込まれたイセリナは両手で押さえて「……、……っ、……おぇ⁉︎」と座り込んだ体勢で悶絶《もんぜつ》している。

細心の注意を払って加減したつもりだが、まだ加減が足りなかった。

これは【ランクアップ】の弊害である、『ズレ』のせいである。そう弁明したかったリューであったが、観念して「やはりやり過ぎてしまった……」と懺悔《ざんげ》した。

「……鍛冶師でありながら、なぜ非鍛冶《アストレア》の神様の眷族になったのか少々気になるところではありますが、聞かないでおきます」

「っ……！」

何か癇《かん》に障《さわ》ったのか、尻餅をついたままの体勢で、セシルの顔が赤く染まっては歪《ゆが》む。

疑問に思いつつ、よろよろとシャウとイセリナが立ち上がったところで、それを言った。

「ですが、これで納得してほしい。貴方達では今の私の『調整役』は荷が重い。かかずらうだけ、互いの時間が無駄となる」

心苦しく思いつつも、役者不足であると告げる。

一分も満たない戦闘時間ではリューも調整できるものも調整できない。こうしてセシル達がいちいち復帰するのを待って時間を取られるくらいなら、自主的な鍛練で感覚を摑んだ方がましだ。

シャウとイセリナは少なからず衝撃を受け、落ち込んだ。

隔絶した実力にもう何も言い返せないのか、セシルも悔しそうに顔を伏せる。

「この肉体と精神の大き過ぎる『ズレ』……もはや一朝一夕でどうにかなるものではない。やはり、オラリオへ戻った方が……」

セシル達との戦いの中で痛感したせいもあって、リューは独り言のように呟いた。

オラリオで開かれた豊穣の宴、『女神祭』の前後にあったいくつもの出来事が胸の中に去来し、アストレアに言い含められた昨日の今日だというのに、遥かにいいと思える得策を抱いてしまっていると――。

「……やっぱり」

少女の呟きが落ちた。

セシルだった。

彼女は幽鬼のように、ゆらりと立ち上がる。

訝《いぶか》しんだリューが視線を向けると、彼女は顔を振り上げた。

「あんたはやっぱり、アストレア様のことを何も考えてない!!」

激しい声で、そう糾弾した。

「気にしてるのは自分のことだけ！　謝りに来たとか言っておいて、結局あんたは都合を押し付けて、あの方を振り回してるだけじゃない！」

「なっ……！」

取り消しなさい！　と。

侮辱されたリューは、相手が後輩ということも忘れて一喝しようとした。

だが、できなかった。

「あんたはオラリオ、オラリオって、新しい居場所のことばっかり‼」

「――――」

その怒声交じりの指摘に、胸を穿《うが》たれたからだ。

「戦争遊戯《ウォーゲーム》だとか何だとか知らないけど、あんたは今の居場所の方が大切なんでしょ？　一度見捨てたアストレア様のことなんて、もうどうだっていいんでしょう⁉」

「ち、違っ……！」

「違わない！　あんたはアストレア様のことを、【ステイタス】を更新してもらう道具くらいにしか思ってないんだ！　だから用が済んだら、さっさとオラリオに帰ろうとしてる！」

烈火のような声は、絶対強者である筈のリューの反論を許さなかった。

言い分はあった。

大義名分だって存在した。

リューには駆け付けなければならない、雌雄《しゆう》を決する戦場が今も待っている。

しかしリューの喉は上手く動いてくれなかった。

——他意が少しもなかったと言えば、それは嘘になるのではないか？

アストレアのことを道具だなんて思っていなくとも、【ステイタス】の強化が終わればすぐにオラリオへ引き返そうとしていたのは事実だ。リューは本当に、どこかで女神のことを疎《おろそ》かに扱っていなかっただろうか。

セシルが追及した通り、リューは自分のことばかりで、再会したアストレアの胸中なんて考えていただろうか？

「アストレア様はあんたの手紙が届く度《たび》、すごく嬉しそうだったのに！　私達が聞きたくもないのにあんたの話をしてっ、でもその笑顔が優しくて、幸せそうでっ……悔しいけどあんたが大切な人だって認めるしかなかったのに！」

だから今、彼女の眷族であるセシルはこんなにも憤っている。

不義理で身勝手な先達に、こんなにも激しい眼差しをぶつけてくる。

それは彼女のアストレアへの想いと表裏だ。

きっとセシルは昨夜、神室《しんしつ》の外でリュー達の話を盗み聞いていた傍ら、反感を募らせ続けていたのだ。

「なのにあんたがっ、どうしてアストレア様のことを大切にしてくれないのよっ!!」

セシルの表情は、憤激に染まっていた。

それと同時に、少女の瞳には、涙が浮かびそうだった。

いつの間にか唇も、体も動かせなくなっていたリューは、呆然と立ちつくしていた。

自分と彼女の間に、階位《レベル》なんて力《もの》はもはや何も通用しない。

リューはこの時、確かに、少女の言葉に打ちのめされたのだ。

「何で私が、こんなやつの武器をっ……！」

衝撃に打ちひしがれる今のリューには聞き取れない呟きを、唇の奥に隠したかと思うと、セシルはきっと睨《にら》みつけた。

「薄情者っ、我儘《わがまま》エルフ！　私はあんたのことっ……絶対に認めないいんだから!!」

最後はそんな捨て台詞じみた言葉を残し、少女は背を向けた。

木の根もとに転がったハンマーを殴りつけるように回収し、その場を後にする。

取り残されたシャウとイセリナはすこぶる気まずそうな顔を浮かべ、未《いま》だ動けないリューのことを窺っていたが、最後にはセシルの後を追った。

彼女の糾弾の内容を支持するように。

「……………………」

リューはその場に、たたずみ続けた。

太陽がいつの間にか東から顔を出し、早朝の時間が去った後も、時間の狭間に追いやられたように時を止め続けた。

何も知らない小鳥の囀《さえず》りが響き、意地悪な風が髪を悪戯《いたずら》し、木々の隙間から差し込む日の光が横顔を焼く。

せせらぎの音だけが慰めてくる中、リューは静かに、顔を上げた。

晴れ渡った青い空に星は見えない。

導きなど与えず、リューの足がどこを目指すのか眺めている。

リューは、弱々しく木刀を握った。

今はそれだけしかわからない子供のように、小川へと足を進め、上流を目指し、激しい川の流れを見つけ、水をかき分けて中央へと。

冷たい水流に腿《もも》まで浸《ひた》しながら、間もなく素振りを始める。

自分の体を痛めつけるように、ひたすら。

少女《セシル》が作った武器に責められながら、ずっと。

足場が不安定な水場の中、何度も体勢を崩し、柄を握る手の平からは血を滴らせながら、日が中天に差しかかり、西へと傾いて、夜の闇が訪れるまで、自責の剣を振り続けるのだった。

「リュー、その格好はどうしたの？」

夜遅く『星休《ほし》む宿』に帰ってきたリューの姿を見て、目を丸くしながら、アストレアは開口一番そう言った。

リューの格好はずぶ濡れで、ずたぼろだった。

つま先から頭の天辺まで濡れているのは、邪念を討ち滅ぼすがごとく放った強烈な一撃に、『ズレ』に適応していない全身が引っ張られ水流に顔面から飛び込んだせいであり、ところどころ破れた衣服はなんてことはない、Ｌｖ．５の無心で振るわれる『力』に布が耐えきれず裂けただけである。モンスターが出現して、過剰必殺《オーバーキル》とばかりに水流ごとまとめて吹っ飛ばした後、再び川底に転倒したせいもあるかもしれない。

十六時間。

リューが木刀を振り続けて、自分自身を処していた時間であった。

「咎《とが》められました、セシルに。……私は自分のことしか考えていないと」

一人と一柱しかいない玄関で、家出をして帰ってきた子供のようにうつむきながら、リューは嘘など付かず白状した。

女神はそれだけで全てを察したように、笑みを浮かべた。

「アストレア様、申し訳ありま――」

「先に体を温めて、着替えましょう？　ご飯は夕飯の残りを取っておいてあるから」

謝罪しようとしたリューの言葉を優しく遮《さえぎ》って、アストレアは氷のように冷え切った手を取った。何かを言おうとして、けれど口を噤《つぐ》んだリューは、されるがまま浴室に案内された。

魔石製品が備わっている蓮口《シャワーヘッド》からは温水が飛び出し、たちまち湯気が立ち込めた。今は無性に惨《みじ》めで、卑屈になっているせいか、体を温めることさえ罪深い気がして冷水に切り替えてやろうかとさえ思ったが、やめた。体が冷えたまま出ればアストレアを心配させる。

心優しい女神を悲しませることこそ本意ではないリューは、火傷するくらい熱く感じる温水を頭から被った。傷をこさえ青紫色に変色している手の平が、ずきずきと傷んだ。

用意されてあった着替えに袖を通し、廊下に出ると、アストレアに見つかって神室《しんしつ》へと連れていかれた。

椅子に座らされ、膏薬《こうやく》と亜麻布《リネン》、包帯をもって手の平の傷に処置される。

「ア、アストレア様、大丈夫です。私には回復魔法があります」

「それを今、自分に使うつもりはある？」

「…………」

「貴方も、セシルも、真っ直ぐで潔癖。だから相手の言っていることが正しいと思えば自分の非を認められるし、思い詰めて自分を追い込もうとしてしまう」

女神には全てお見通しだった。

リューは観念して、黙りこくり、アストレアの治療を受け入れる。

「……申し訳ありませんでした、アストレア様。私はベル達を案ずるあまり……いえ、己の都合を振りかざして、不敬な態度を取り続けていました」

両手に包帯が巻き終わると同時に、リューはようやく謝罪した。

他者の名を出そうとした愚かな唇を張り飛ばし、全て自分が浅はかであったことを認める。

自分の瞳を見つめるリューに、アストレアはゆっくりと首を横に振った。

「リューが急がないといけないのは本当だもの。焦ってしまうのは当たり前。それに私は気分を害してなんていないから、安心して？」

「それでも、私は自分を許せそうにありません。貴方に許されたいと願っていたくせに。断罪がないと知って安堵し、力を得た途端、すぐに背を向けようとした。ここに輝夜《カグヤ》がいれば私を罵倒し、ライラならば掃除担当を代われと命令してきたでしょう……」

「それじゃあ、罰として今夜は私と一緒に寝ましょう？」

「なっ⁉」

「昨日聞きそびれた話をいっぱい聞きたいわ。特にベルという子のことが！」

「ふなあっ⁉」

にこにこと笑う無敵状態の女神に、エルフの奇声が打ち上がる。

良かったな、と脳内の妄想《カグヤ》が笑う。

今のお前《リオン》にとって最もつらい罰が決定したぞ、と幻想《ライラ》がニヤニヤと笑う。

くっっ、とリューはきつく瞼を閉じ、顔全体を紅潮させ、甘んじた。

どこまでいっても、アストレアの方が一枚上。

頑固な眷族が固めた拳を解《ほど》く方法も、主神は知りつくしている。

色々な意味で疲れたり罪悪感が薄れ、リューの表情から陰が消えたのを見て、アストレアはこっそり相好を崩した。

「今のような状況でなければ、ゆっくり話せた。違う?」

「はい……」

「貴方が本当に薄情なら、今日まで手紙を交わしてなどいなかった。違う?」

「はい……」

「貴方に大切なものができていなければ、きっと、まだ正義の旅を終えられていなかった。私はそう思うわ」

「……はい。私も、同じです」

自分の心を包み込み、『暗黒期』後の五年間は必要なものであったと肯定してくれるアストレアに、リューは再三頷いた。

リューはアストレアとベル達を秤《はかり》にかけたわけではなく、『未来』のために最善を尽くそうとしているのだと、そう説いてくれた。

焦りや不安のせいで前のめりになっていたことは事実だが、決してアストレアやセシル達を蔑《ないがし》ろにしようとしたわけではないと。

自分でも判然とせず、どう対処すればいいかわからなかった懊悩《おうのう》の正体を教えてくれた女神に、リューは感謝した。

そしてこの時から、徒《いたずら》に不安に襲われることはないだろうと、確信できた。

こうまで自分のために心を砕き、知恵を貸して導いてくれる慈悲深い女神を、リューはもう疑わない。

「アストレア様。彼女……セシルについて、聞いてもいいでしょうか？」

その後、深夜の夜食になってしまった食事の途中、リューはそれを尋ねていた。

「あら、気になるの？」

「ええ。私に反感を抱くのは仕方ないと思っています。しかし彼女は、他の団員達と比べても刺々《とげとげ》しい気がします。それに……」

出会った時、不思議な『既視感』を覚えた。

その言葉を口にするのは、リューは控えた。

上手く自分の中でも整理することができなかったからだ。

「何でもありません」と頭《かぶり》を振るリューをほんの僅か見つめていたアストレアは、「そうね」

と前置きをして語ってくれた。

「他の眷族が他国や他都市の出身が多い中、セシルだけはこの剣製都市《ゾーリンゲン》の生まれなの」

「……鍛冶師《こ》、あるいは職人の家系ということですか？」

「ええ。あの子は『ブラックリーザ』という家の生まれ。この都で鍛冶を何代も続けている、いわゆる『名門』と呼ばれる一族ね」

セシルの父親は今の『ブラックリーザ』の工房長を務め、子供は八人。唯一の女児である彼女はその末っ子らしい。五年前まで【ファミリア】の中でも末っ子扱いされていたリューは、その一点のみは親近感を覚えてしまった。

「リューと別れた後、私が初めて勧誘《スカウト》したのも、あの子」

「！」

「だから新しく作り始めた【ファミリア】という意味なら、セシルが一番古株ということになるわね」

「……では、団長は……」

「セシルよ」

すっかり食事の手を止めて聞き手に専念するリューに対し、アストレアは妖精の疑問に先回りして答えていった。

「私がセシルに声をかけたのは、頼みたい『依頼』があったから。彼女ならやり遂げてくれると思ったし……何より、似ていると思ってしまったから」

「似ている？」

「アリーゼと、そしてリュー。貴方に」

「！」

空色の瞳が驚きを宿す。

先程口にしなかった『既視感』の正体を、言い当てられた気分だった。

（私はともかく、アリーゼと似ているというのは……認め難い）

リューの手を初めて握ることができたアリーゼ・ローヴェルという少女は、誰よりも『正義』について考え、実践を厭《いと》わず、どんな苦境にあっても明るく太陽のように振る舞い、たまにすこぶるいい加減で声も大きく空気が読めないのも特徴でリュー達を時折苛《いら》つかせては困らせて…………いけない、頭が痛くなってきた。

アリーゼの美点を振り返る筈が破天荒の一面を想起してしまい、額に手を添えてしまったリューは、とにかく常人とはかけ離れた存在だった、という認識に着地することにした。『酷いわリオン！　もっと素直になっていいのよ！　バチコーン☆』なんて幻聴が聞こえた気がしたが、リューは無視に尽力した。敬愛する女神の前だと懐かしさのせいなのか心の中の星乙女達《アストライアーズ》が暴走する傾向にある。

ついつい百面相をしてしまうリューの『受け入れがたい』という思いは察しているのだろう、

アストレアはくすくすと笑うにとどめた。

「とにかく、いい子よ。真っ直ぐで、間違ってしまう自分に常に問いかけて……本当に、昔の貴方達を見ているみたい」

出会った時のことを思い返しているのか、アストレアは目を細める。

やっぱり納得がいかず、口を開こうとしたリューだったが、それより先にアストレアが問いを発した。

「あの子から話は聞いた？」

「……？　何をでしょうか？」

心当たりがなく、問い返す。

するとアストレアは目を瞑《つむ》って、微笑した。

「いいえ、いいわ。あの子がまだ話してないというのなら……私が言うべきじゃない」

「アストレア様……？」

「セシルが何か伝えようとしていたら、耳を貸してあげて。それだけを覚えていてくれればいい」

そう言われてしまうと、これ以上は尋ねられない。

リューは諦めて食事を済ませてしまうことにした。

アストレアに見守られる中、野菜や果物が中心の料理を食べ終え、食器も自分の手で片付けにいき、後はもう眠るだけとなった頃、

「それじゃあ、今日も【ステイタス】更新をしましょうか」

「……は？」

両手を合わせ、アストレアがそんなことを言ってきた。

無礼だとはわかっていながら、目を白黒させ、そんな返事をしてしまう。

【ランクアップ】したばかりで、【ステイタス】に変動があるわけがない。ましてやここはダンジョンが存在する迷宮都市ですらない。

森にいて一日中素振りを繰り返した程度で、能力値《アビリティ》に加算される筈も――そんな意見をニコニコと聞き流し、半ば強引に両手で背中を押してリューを着席させた女神は、本当に【ステイタス】更新に取りかかってしまった。

主神の神意とあって、リューも渋々上着を脱いで背中を晒したのだが、

リュー・リオン
Lv.5
力：I0→50　耐久：I0→50　器用：I0→50　敏捷：I0→50　魔力：I0→50

「……馬鹿な」

しっかり上がっていた更新値に、思わずうめき声を発してしまった。

昨夜と同じく、上着を着ることも忘れて、手渡された更新用紙をまじまじと見つめてしまう。

(彼女達との短い実戦、あとは川の中での素振りでこんなにも熟練度が伸びるというのだろうか？　いや、ありえない……。今の私はLv．5だ。ダンジョンの深層域を『遠征』したならまだしも……しかしアストレア様が偽りの更新結果を記す筈が……)

全アビリティ熟練度、上昇値250ぴ、っ、た、り。

Lv．5という数字を加味しても到底ありえない【ステイタス】の成長幅に、リューは厳しい顔を浮かべ、用紙を睨みつけることしかできなかった。

女神はというと、にこにこと笑っているだけであった。

「明日も『調整』、頑張ってね。リュー？」

4

朝はすぐにやって来た。

本当に女神の寝台《ベッド》で同衾《どうきん》することとなり、五年前でさえもこんなことを経験したことのなかったリューは、ううう、と緊張と戦わねばならなかった。

更に更に本当に少年《ベル》について根掘り葉掘り尋ねられ、あうあう、と赤面もした。

今回もまた寝不足を覚悟したリューだったが、アストレアと話しているうちに不思議と瞼は下りた。女神の温もりは妖精を眠りの静穏に導いたのだった。

が、起きたら起きたでその悩ましい胸に抱かれていたリューは、悲鳴を上げそうになってしまったが。

「アストレア様に、あのような一面があったとは……」

眷族になって早十年。

意外にまだ知らないことがあるものだと耳をほんのり赤らめるリューは、「いえ眠れない私のために身を粉にしてくださったのはわかっているのですがっ。わかって、いますが……！」と独り言を重ねていった。

剣製都市《ゾーリンゲン》滞在三日目の、まだ日の出が始まっていない時間帯。

森ではまだ鳥達も眠りについているだろう中で、リューは今日も早朝訓練に取りかかろうとしていた。《小太刀・双葉》の他に、昨日とうとう返す機会のなかったセシルの木刀を携えながら。

やはり昨夜のうちに返すべきだったか、と思いはすれど、リューはまともな精神状態ではなかったし、セシルも会ってくれなさそうな気がした。謝罪もしたかったが、それも受け取ってくれなかっただろう。

アストレアに頼んで返却する手もあったが、リューは他者に任せるのではなく自分の手で返したかった。今日、この訓練が終わったら本拠《ホーム》にいる団員達を訪ね、どんなに気まずかろうと謝罪の言葉と一緒に渡すつもりだった。

つもり、だったのだが。

「あ、リュー先輩～。おはようございま～す！」

「今朝は私達の方が早かったですね。アストレア様のお部屋で熟睡しちゃったんですか？」

「アストレア様と同衾……わたしの大切な女神様の寝台《ベッド》であんなこととこんなこと……ゆ、許せない……」

昨日使った森の一角には、シャウとイセリナが待っていた。

セシルはいないようだが、代わりに一人、新しい顔が増えている。そしてアストレアの神室《しんしつ》で一夜明かしたことはしっかりバレているようだ。

小人族《パルゥム》のシャウはにこやかに、狼人《ウェアウルフ》のイセリナはからかうように唇を曲げてきて、最後の黒髪の少女はよくわからないが、何だかおどろおどろしい。

リューは言葉に詰まる思いだったが、こほん、と無理やり咳払《せきばら》いをして誤魔化した。

熱を帯びようとする頬と戦いながら、何故、の疑問を投げかける。

「どうして貴方達がここに？　まさか、また私の『調整』に……？」

「そうですよ。シャウ達、アストレア様に頼まれましたもん！」

「まぁセシルはあれなんですが……私達は付き合います。貴方は正真正銘、オラリオの『暗黒期』を乗り越えてきた『すごい先輩』ですからね」

シャウとイセリナの言葉に、リューは驚きより戸惑いを抱いてしまった。

「昨日の言い争いは、シャウ達もセシルの味方をしちゃいましたけど……」

「貴方のことは私達もアストレア様から聞いていましたから。ただ、出会ってからちょっと張り詰めていて、話しかけづらかったというか……昨日も言った通り、ビビってました。でも、ずっと話をしてみたかったっていうのは本当です」

「わたしは……アストレア様とあんなことこんなことしたせいで……呪い殺したいくらい印象が地に落ちましたけど……」

リューの腰の高さでシャウが釈明の身振り手振りをし、イセリナは頬をかきながら笑いかけてくる。そして最後の少女《ヒューマン》はやっぱり恐ろしいことを口にしてくる。

「……ちなみに貴方は？」

「ウランダ……」

尋ねると、とぼそぼそという呟きが返ってくる。

波打つ髪は長く、前髪が瞳を隠してしまっている。

こういう言い方はどうかとは思うが、千草《チグサ》とカサンドラが交ざり合ったような容姿、というのがしっくりきた。昨日は館の留守番をしていたという団員の一人だろう。

「アストレア様から聞いて、今の貴方の状況も理解しています。私達だけでも力になりますよ、先輩」

ウランダが放つ静かな波動に少々距離を取りつつも、イセリナの言葉に、なるほど、とリューはようやく合点がいく思いだった。

アストレアのおかげで、今のリューは比較的余裕を保っているのだろう。

抜き身の刀のような鋭さは消え、纏《まと》う雰囲気も軟化している。

だから怯《ひる》んでいたイセリナ達も、こうして腹を割って接してきてくれたのだ。

(全て神の手の平の上、と言うのは不躾《ぶしつけ》で、野暮ですね)

イセリナ達は、アストレアに「明日のリューは大丈夫」なんて言われていたのかもしれない。

それこそ手のかかる姉妹《こどもたち》をまとめてくれる母親のようなアストレアの心遣いに、リューは微笑を浮かべて感謝を捧《ささ》げた。無論、歩み寄ってくれたイセリナ達にも。

まだ彼女達とは心の距離があるが、アリーゼ達がいなくなった今、こうして【ファミリア】の交流ができるとは夢にも思わなかった。

大袈裟ではあるが、家族、という言葉を思い出して、懐かしくなる。

「昨日の件も含め、至らぬ先達で申し訳ありません。……そして、歩み寄ってくれた貴方達に感謝を」

胸に左手を添え、生真面目なエルフらしく伝えるものを伝えておく。リュー自身は気付いていないが、とても小さな小輪《えみ》を唇に咲かせながら。

中性的なイセリナは、参ったな、というようにくすぐったそうに頭をかき、小さなシャウはテレテレと隠しもしないで恥じらっていた。

ウランダはこちらをじ~っと見つめていて、やっぱりよくわからなかった。

「あっ、その木刀、まだ使ってくれてるんですか！」

と、今更照れ隠しをするように、シャウが赤い顔のまま話題を変えてきた。

いやこれは返却しようと──そう答える前に、屈託ない笑みで小人族《パルゥム》の少女は告げる。

「リュー先輩のために作ったものだから、セシルもきっと喜ぶと思いますよ！」

「……？　私のため？」

それを聞いて、リューは怪訝な面持ちを浮かべた。

すぐにイセリナが少女の頭に手刀《チョップ》を落とす。

「シャウ、馬鹿っ」

「あっ！　ご、ごめんなさいっ、今のは聞かなかったことにしてくださいお願いします御代官様～！」

無理な注文だが、極東の土下座もかくやという勢いで繰り出された懇願に、リューは取りあえず今は詮索しないことにした。

こうして後輩達と交流するのも悪くないが、やはり今は『調整』が優先だ。

時間はいくらあっても足りない。

（昨夜上昇した【ステイタス】も、【ランクアップ】に比べれば僅かとは言え『ズレ』に影響してくる筈……。ああまで能力値《アビリティ》が上昇したのも不可解ではありますが……）

昨夜のアストレアとのやり取りを思い返しつつ、疑問に向かってしまいそうな思考を修正し、今日の鍛練について考えていたリューだったが、

「あのっ、リュー先輩！『鬼ごっこ』をしませんか！」

「『鬼ごっこ』……？」

名誉挽回とばかりに、シャウからそんな提案をされた。

「昨日あっ！　という間にボコボコにされて、シャウ、ずっと考えていたんです！　どうしたら先輩をぎゃふんと言わせられるかなぁって！」

「ぎゃふんと言わせるんじゃなくて、先輩の力になるのが目的だからね？」

「それで思い付いたのが『鬼ごっこ』！　森の中で逃げ回るシャウ達を捕まえられたらリュー先輩の勝ち！　シャウ達は隙を突いて、リュー先輩の体に触れられたら勝ちです！」

呆《あき》れて突っ込みを入れるイセリナを無視《スルー》して、シャウは両手を上げてぴょんぴょん飛び跳ねる。

【ステイタス】はＬｖ．１と聞いていたが、戦力面では貢献できないと踏んで彼女なりに色々頭を働かせてきたらしい。小動物のように瞳をキラキラ輝かせながら、どうですか⁉　と視線で訴えてくる。

シャウの努力を無駄にしたくないとは思いつつ、リューは正直に告げた。

「面白そうではありますが、やはり私と貴方達の地力《じりき》に開きがあり過ぎる。まともな勝負にならないかと――」

「大丈夫です！　私達には『秘密兵器』がありますから！」

小人族《パルゥム》の少女はリューの反応を見越していたように、背負っていた小鞄《ミニバッグ》からあるものを取り出した。

それは白布に包まれた、三つの棒状の塊だった。

何かはわからないが、シャウはやたらと自信ありげだ。

彼女を見下ろしていたリューがちらりと一瞥《いちべつ》すると、ウランダは相変わらず無言、イセリナは苦笑しつつも『自分も挑戦してみたい』という気概を忍ばせている。

「絶っっっ対にリュー先輩を驚かせてみせますよ！」

あれほど実力差を見せつけたというのに、この口振り。

ふんす、ふんすっ、と鼻息を鳴らして、シャウは今も前のめりだ。

そこまで言うなら、いいだろう。リューはそう思った。

「わかりました。貴方の提案に乗りましょう」

「ありがとうございます！　よぉし、先輩をけちょんけちょんにしようね！」

「だから趣旨がずれてるよ」

リューの返答にシャウはにんまりと笑った。

嘆息《たんそく》交じりに指摘するイセリナは彼女から棒状の塊を受け取り、ウランダもそれに倣《なら》う。

「じゃあシャウ達は隠れますから、一分！　一分だけ時間くださ〜い！」

そう言って、シャウ達は慌ただしく森の中へ消えていった。

リューは何だか微笑ましい気持ちになりながら、自分を見守っていた年長の少女達《マリューやリャーナ》も同じ思いだったのかもしれない、とふと思った。

ただ待つのはもったいなかったので、数える秒に合わせて木刀で素振りをする。返却するつもりではあったが、彼女達に怪我をさせないためにも模擬戦用のこの武器を今日も使わせてもらうことにした。

「五十九、六十……では、行きます」

ヒュン！　と。

六十回目の鋭い風切り音を、シャウ達にも届くように鳴らし、リューは地を蹴った。

下級冒険者が目の当たりにすれば仰《の》け反《ぞ》るほどの、加速。

少女達が向かった深い森の奥へ、まさに疾風となって飛び込む。

「せっかくだ。少々乱暴にいかせてもらいます」

木を折らない程度に幹を蹴りつけ、木々の間を飛び跳ねるように行き交い、『無茶苦茶な移動』を心がける。

上昇した能力値《アビリティ》を差し引いたとしてもリューの肉体は未だ暴れ馬。だが、これくらい滅茶苦茶な方が『ズレ』にも適応しやすい。肉体と精神にどこまで開きが存在するのか、今日はまずその上限を掴むべきだ。

ガガガガッ！　と連続する音を響かせ、高速で飛び交っては少女達を索敵する。

強化された五感を試す意味でも、自分の移動音の陰で鳴る物音を聞き逃さぬよう、感覚さえ研ぎ澄ませる。

Ｌｖ．２以下では到底不可能な異次元の移動に、隠れているシャウ達は度肝を抜かれ、やはり怯えているかもしれない。しかし提案を受けた以上、リューは『お遊び』で終わらせるつもりはない。

「やるのなら、徹底的に利用させてもらう」

そして、その思いはシャウ達にも届いたのだろう。

まるで躊躇《ちゅうちょ》を放り捨てたかのように、その『突風』はやって来た。

「⁉」

自分の身を打ち据える、横殴りの風。

弾丸のように直進していたリューは吹き飛ばされ、しかし難なく幹の一つに張り付くように着壁する。

空色の瞳に一驚を宿したリューは、すぐに後輩達が何を仕掛けてきたのかを察した。

「これは……『魔剣』！」

魔力を帯びた突風。

『魔法』の可能性はない。聴覚を研ぎ澄ませていたリューが詠唱を感知できなかった。

ならば考えられるのは、振るうだけで魔法効果が発動できる『魔剣』ただ一つ！

（セシルはLv.2の上級鍛冶師《ハイ・スミス》……『鍛冶』の発展アビリティを発現させているなら、『魔剣』を打つことも可能か！）

白い布に包まれた棒状の塊、あれがきっと短剣型の『魔剣』だったのだ。

セシルに断りを入れて三振りもの『魔剣』をシャウが借りてきたのだろう。それこそ先輩《リュー》をぎゃふんと言わせてくる！　とでも伝えて。

森を傷付けないよう配慮して、風属性の『魔剣』を選んでいるのも高評価。

何より無色透明の風は発生源が探知しにくい。吹いてきた方向に向かえばそこにシャウ達はいるだろうが、押し寄せてくる突風は一方向ではなく、『三方向』からだ。今も身を隠しているシャウ、イセリナ、ウランダの断続的な一斉射撃が、リューの体を何度も吹き飛ばしては揺るがす。

更に森の奥深くまで入り込んだ現在地は、まさに『自然の迷路』という様相を呈している。木々や葉々、茂みの間を風が行き交い、ぶつかり合っては錯綜《さくそう》し、もはや『三方向』を超えて『多方向』から吹いてくる始末だ。風の出どころを探ろうにも索敵は容易ではない。

びょうびょうと鳴る風音に、物音だって完全に塗り潰されている。

「よく考えた……！」

何度も風を浴び、目を眇《すが》めながら、リューは称賛を落とす。

本拠《ホーム》が築かれている時点で、この森は彼女達の庭も同然。

長年暮らしている土地を戦場に選べば当然、『地の利』は彼女達にある。

隠れ場所――ちょうどいい『魔剣』の射撃地点も把握していることだろう。

策を講じ、上手く嵌《は》めてきた。

(だが……これはいい！)

シャウは意図していなかったであろうが、多方向から押し寄せる突風は『姿勢制御』にもってこいだ。Ｌｖ.５になったリューにとっても、渦のごとく吹き交《か》う気流に負けないように体勢を保つのはそれなりの苦労を要した。つまり、肉体への『いじめ甲斐《がい》』がある。

それが断続的に続くというのだから、通常の自己鍛練よりも遥かに実のある内容と言っていい。森が荒れ狂うほどの風の勢いに負けず、まるで嵐を切るようにリューは跳躍を繰り返し、真っ向から抗った。

（私も全力で応じよう！　……と言いたいが、まだ何かあるか、、、、、、）

その一方で、リューは冷静でもあった。

この突風だけではＬｖ.５のリューを追い込むことはできない。傷付けることはおろか、触れるために接近することも困難だろう。『魔剣』も使用限界を迎えれば砕けてしまう。この『風の檻《おり》』は限られた時間しか維持できない。

今の状況はリューの動きを制限、言わば『枷《かせ》』を付けるだけであって、勝利条件の達成まで漕ぎ付けることができない。シャウ達もそれを理解している筈。

「……念のため、仕込んでおきますか」

そう言って、リューはある『保険』を用意することにした。

間もなく、激しい気流の中にあって高速移動を続けるリューの瞳に、緑髪の小人族《パルゥム》の姿が飛び込んできた。

「ウワー!?　リュー先輩、無茶苦茶過ぎですー!!」

何度も隠れる場所を変えて『魔剣』を行使していたシャウが、悲鳴を上げて背を向ける。

慌てて逃げ出す少女の背中を捕えようと、リューは足に力を溜めた。

横合いから吹いてきた突風に抗わず、手頃な幹に着壁を決め、一思いに翔《と》ぼうとした瞬間、

「ウランダ、今！」

イセリナの声が、はっきりと聞こえた。

次いで、暗き『詠唱』がリューとリューを捕まえる。

「【開け、私の復讐《こい》】……【ルナウス・ウルフズベイン】」

巻き起こったのは、全身への『強い重圧』と『拘束感』だった。

「……!?『能力低下《ステイタス・ダウン》』っ、それに『強制停止《リストレイト》』！」

自身に降りかかった異常状態を、すぐにリューは理解する。

そしてその原因となった少女、ウランダは、隠れていた木陰で両膝をついて悶《もだ》えていた。

「うう、痛い……痛いけどっ……もう離さない……うふふッ……」

黒い魔力片《へん》、漆黒の杭《くい》のごとき光を両手で胸の中央に突き刺し、苦痛に喘《あえ》ぎながら妖《あや》しく笑っている。それを視界の片隅に捉えたリューは確信した。

——呪詛《カース》！

その雰囲気から前衛ではなく後衛職だとは思っていたが、ウランダの正体はよりにもよって呪詛使い《カース》。あの魔力の杭で自分を苛《さいな》み、苦痛という『代償』を支払うことで、今のリューの

ように呪いの対象を束縛するのだろう。

アストレアの眷族でありながら、と軽い衝撃《ショック》を受けつつも、アリーゼ達の中にもいなかった人材《タイプ》であると認める。

どういった経緯でアストレアの『恩恵』を授かったのか気にはなるが……今はそれどころではない。

「ナイス、ウランダー！」

「もらった！」

囮《おとり》のごとく逃げていたシャウがバタバタと引き返し、風でリューの進路を遮るため潜《ひそ》んでいたイセリナも真横から飛び出す。

自分に触れようと手を伸ばし、迫りくる二人を見て、一連の流れは全て『罠《わな》』であったのだとリューは察した。

（なるほど、『秘密兵器』は彼女《ウランダ》の方でしたか）

これ見よがしに白い布に包まれていた『魔剣』をリューに見せ、にんまりと笑っていたシャウのことを思い返す。

あそこから既に、リューを罠にかけるための『釣り針』を仕掛けていたのだろう。

独特な雰囲気があって触れがたかったとはいえ、リューの意識をウランダではなく、『魔剣』に誘導していた手並みは見事なものだ。シャウはライラがそうであったように、パーティの頭脳を務めるのが合っているかもしれない。

(だが、まだ甘い)

リューがよく知る少女の同胞《シャウ》ならば、更に二重三重の罠を仕掛けていた筈だ。

桃色の髪の小人族《パルゥム》の意地悪な笑みを思い返しながら、リューは唇に忍ばせていた『保険』を唱えた。

「【星屑の光を宿し敵を討て】――【ルミノス・ウィンド】」

一発。

一発のみの、緑風の光玉を撃ち出す。

自身の足もとに。

「えっ⁉」

「なっ⁉」

あと一歩というところで『魔法』を炸裂《さくれつ》させ、衝撃とともに自分達の目の前からかき消えたリューに、シャウとイセリナが揃って驚愕《きょうがく》する。

リューは『まだ何かある』と予期して、事前に『並行詠唱』を唱えていたのだ。

シャウ達に聞き取られないよう小声で。

また皮肉にも、彼女達が撃ち出す『魔剣』の突風音が完全に呪文をかき消してしまっていた。

察知されないように――それこそ光玉《こうぎょく》一発分のみの――小さな魔力をリューが練り上げてい

たせいもあって、イセリナ達は完全に詠唱を察知することができなかった。

これがリューの些細《ささい》な『保険』だったのだ。

「身動きだけでなく、『魔法』を含めた心身の『封印』であったならば届いたかもしれませんが……惜しい、という言葉はまだお預けだ、後進達」

足もとに放った魔法弾《ルミノス・ウィンド》の衝撃で緊急回避し、後方斜め上に飛んだリューは一回転。そのまま高い樹上に靴裏《ブーツ》を張り付けた。

範囲外に脱出したことで呪詛《カース》の影響下からは抜けている。

視線の先ではウランダが動揺しているところだった。

それを逃さず――翔《と》んだ。

「くっっ！」

超加速を纏った無理な機動。

未だ肉体と精神がズレている感覚に眉をひそめつつ、体勢を制御して、肉薄。

幹を蹴りつけること六度。

雷のごとき軌道を描き、呆然とするウランダの眼前へと出現する。

「一つ」

「へうっ！　……わたしがやられてもぉ、第二第三の呪い《わたし》が貴方のことをぉぉー……」

加減した木刀の一撃によって、奇声とともにウランダが転倒《ダウン》。

倒れた後もブツブツ言っていたような気がしたが、それを放置して次へ。

「二つ——三つ」

「くっそぉぉぉ⁉」

「あーーんっ、また負けたぁーーー‼」

すかさず駆け、距離を詰め、残る二人も木刀の餌食《えじき》にする。

刀撃を防ぎきれなかったイセリナは木の幹に叩きつけられ、仰向けに引っくり返ったシャウは悔しさに溢れた大声を上げるのだった。


『鬼ごっこ』が終わった後。

休憩がてら四人集まったところで、シャウにそう言われた。

「シャウ、今回の作戦、自信あったのになぁ……」

「自惚《うぬぼ》れない程度には自信を持って大丈夫です。詰めこそ甘かったですが、『駆け引き』の内容自体は優れていた。私も想像以上にいい刺激をもらいました」

地面に座り込みながらしゅんと落ち込むシャウに、リューはお世辞抜きの評価を与えた。

負荷が強く、緊張感もほど良くあった訓練は、心身の『調整』を大きく進めてくれた実感がある。手の内はもう把握してしまったが、リューはもう一度やりたいくらいだった。

そんな掛け値なしの称賛に、「え～っ、そうですか～？」とシャウは途端に体をくねくねと動かし始めた。増長しかねないその姿に、「先輩は『自惚れない程度の自信』って言ってるでしょう？」とイセリナが釘《くぎ》を刺す。

「……でも実際、最後はあっさり躱《かわ》されちゃいましたね。シャウから作戦を聞いた時、私は結構いけるんじゃないかって思ってたんですけど……何が足りなかったと思いますか？」

「もう二つか三つ、私を陥れる罠があったなら上出来でした」

「うえ～！　一つじゃなくて、ここから二つも三つもですか～？」

「わたし……オラリオの冒険者、嫌いになりそう……」

拳で自分の額を叩きながら尋ねてくるイセリナに忌憚《きたん》のない意見を告げると、シャウは今にも舌を出しそうな顔で呻《うめ》き、リューから距離を取って座っているウランダに至っては顰蹙《ひんしゅく》の言葉をぶつぶつと呟かれた。

【ステイタス】が未調整で万全ではないとはいえ、Ｌｖ．５の冒険者に勝とうとしていた後輩達にリューは胸の中で一笑を落とす思いだった。

これは若さというもので、世界を知らないからこその発言かもしれないが、今の彼女達はこれくらいがちょうどいい、とリューは感じられた。

生意気なくらい、身のほどなど弁《わきま》えず戦い続けた方が伸びる。支え合う仲間さえいれば。

『暗黒期』という戦場をくぐり抜けてきた先達の見解だ。

「少なくとも私のよく知る小人族《パルゥム》がいれば、より情報を集め、数えきれない罠を用意して出し抜いていたでしょう」

イセリナ達にかつての自分達《アストレア・ファミリア》を重ね合わせ、無意識のうちに穏やかな声で告げると。

それまで座り込んでいたシャウが、勢いよく立ち上がった。

「その小人族《パルゥム》ってもしかして、ライラ先輩のことですか⁉」

「……！　ライラを知っているのですか？」

「いえ、全然知りません！　でもアストレア様の昔話を聞いてから、シャウ、ずっと気になってるんです！」

勢いよく食いついてくるシャウは、驚くリュー《リュー》に今にも飛び付こうかというほど目を輝かせていた。ぶっ飛ばされるぞ、と襟首《えりくび》を摑み上げてイセリナが制止する中、宙吊りになる小人族《パルゥム》の少女は鼻息荒く、腕も足もブンブンと振って熱弁を開始した。

「アストレア様の眷族になった時、シャウなんてやっぱり小人族《パルゥム》だし～って思っちゃって、自信がなかったんですけど……！　ライラ先輩の話を聞いて、希望を持てたんです！」

「！」

「仲間より弱くても、頭が良くて、たくさん作戦を考えて、リュー先輩達にも頼られてたってすごくないですか！　シャウ、一族の『勇者様』みたいにはなれなくても、ライラ先輩みたいな『正義の味方』にはなれるんじゃないかなぁって！」

「ラ、ライラが『正義の味方』……」

「はい！　ライラ先輩の顔は知らないし、もう会えないですけど……シャウの憧れです！」

狡《ずる》くて下品なライラは果たして本当に真っ当な『正義の味方』だっただろうか、そんな彼女に憧れるとはこれはいかに、などなど多過ぎる情報量とそれに伴う疑問がいっぺんに生まれ、どんな顔を浮かべればいいかわからなかったリューだったが……気付けば、それを問うていた。

「シャウ……貴方には『正義』がありますか？」

「ありますよ！　シャウは、シャウみたいな弱い人を助けてあげられる小人族《パルゥム》になりたいです！」

すぐに返ってきた答えは潑剌《はつらつ》としていた。

まだ何も迷いを抱いていない、立派な目標だった。

リューが視線を向けると、シャウを地面に下ろしたイセリナは苦笑する。

「私はまだです。アストレア様の眷族になっておいて、お恥ずかしいですが……あの方のもとで、今も『正義』を探しています」

それでいい。リューは思った。

「『正義』なんて、決まりきってる……美しくて豊かで尊ぶべき愛おしい女神《ひと》を守る……それがわたしの『正義』……。ふふふふっ……」

ウランダはよくわからないし、ちょっと怖い。が、信念はあるようだった。

「リュー先輩。よければ後学のために、他の先輩達のことも教えてくれませんか？　正義に関する難しい内容じゃなくてもいいんで。たとえば、さっきの『鬼ごっこ』に活かせるような話とかでも」

「シャウも聞きたいです！」

「私も……」

三人にそんな風にせがまれて、リューは少し困ってしまった。

だが同時に、嬉しく思ったのも事実だった。

自分をずっと助けてくれた仲間の話を、こうして後進に語れることが。

自分以外にも、ライラ達のことを知ってくれるということが。

だからリューは話すことにした。

ヒューマンの団長。太陽のようなアリーゼ・ローヴェル。

同じくヒューマンの副団長。いつも猫を被っていたゴジョウノ・輝夜《カグヤ》。

小人族《パルゥム》の参謀。誰よりも狡賢《ずるがしこ》かったライラ。

ヒューマンの前衛攻役《アタッカー》。如才なく器用だったノイン・ユニック。

ドワーフの前衛壁役《ウォール》。小柄な体軀でみなを守っていた勇気あるアスタ・ノックス。

狼人《ウェアウルフ》の中衛。きっとイセリナの正当な先輩にあたるネーゼ・ランケット。

女戦士《アマゾネス》の拳士《けんし》。【ファミリア】一《いち》お洒落好きで変わり者だったイスカ・ブラ。

ヒューマンの治療師《ヒーラー》。包容力と母性の化身だったマリュー・レアージュ。

はぐれ魔導士だったヒューマン。彼《か》の魔法大国《アルテナ》出身のリャーナ・リーツ。

エルフの最後衛。唯一リューより年下だった勤勉なセルティ・スロア。

リューを除いて総勢十人。いつも自分をからかい、説いて、導き、ともに戦った大切な背中――シャウ達にとって偉大な『先達』の話を、伝えることにした。

『正義の剣《つるぎ》と翼《つばさ》に誓って』。どうか受け継いでほしい、その言葉と一緒に。

話し上手ではないことを自覚しながら、「上手く話せるかわかりませんが……」と前置きをして、リューはたどたどしく語り始めるのだった。


「…………」

リューの語る昔話に笑みを咲かせ、シャウ達がもっともっととせがむ。

その光景を、木に隠れるようにして一人、セシルがじっと見つめていた。

「貴方は加わらないの？　セシル？」

「……！　アストレア様……」

ぽつんとたたずむ背中にかかったのは、女神の声。

いつの間にか後ろに立っていたアストレアに、振り返ったセシルは最初こそ驚いたものの、すぐに顔を無愛想なものに変えた。

「行きません……。私、あの人のこと、嫌いですから」

「私はリューとセシルが仲良くなってくれたら嬉しいわ。今はすれ違っているけれど、セシルはきっと、リューのことを好きになってくれると思う」

「……それでも、今の私は行けません」

最後はうつむき、アストレアにこそ詫びるように、顔に陰を落とした。

「『依頼』の一つもこなせていない、私なんかが……」

藍色の髪を揺らし、声を絞り出す。

少女は間もなく、失礼します、とその場を辞した。

一人去っていく後ろ姿を、アストレアは無言で見送った。

「……」

距離が離れてなお気配を察していたリューだけが、そのやり取りを目にしていた。

「『調整』の方はどう？」

「想定していた以上に順調です。全て、シャウ達のおかげかと」

　一日中『調整』に費やし、頭上を月夜が覆った夜。

　この日もリューはアストレアの神室《しんしつ》で二人きり、テーブルを挟んで食事を取っていた。

　今日一日でイセリナ達とも随分親交を深めたので、そろそろ食堂で彼女達と夕餉《ゆうげ》を囲んでもいい筈なのだが、「ごめんなさい、リュー。今日もお願い」とアストレアに頼まれては、受け入れるしかなかった。リュー個人としては、アストレアを独り占めするような真似をすると、ウランダが目もとを覆う前髪の奥から凄まじい波動を放ってきて気まずいにもほどがあるので、食堂で食べた方が……とは思っているのだが。

（……私ではなく、彼女のことを考えてのことかもしれない）

　朝に見かけたセシルとアストレアのやり取りを思い出し、リューはそんなことを思った。

　直感に過ぎないが、リューがイセリナ達と食事をともにすると、今のセシルには居場所がなくなるのではないかと。アストレアはそれを配慮して、こうして今日もリューとともに食事を取っているのかもしれない。

「このまま上手くいけば、『調整』は片が付くかと」

　訓練の所感を述べていると、皿に飾られていた料理も消える。

　調理がからっきしの自分の分まで食事を用意してくれている後輩達に感謝しつつ、リューは時機《タイミング》を見計らって切り出した。

「なのでアストレア様、そろそろ『魔法』の方を──」

「それじゃあリュー。今日も【ステイタス】の更新をしましょうか」

「──………」

そして言葉を被せるように提案してくるアストレアに、口を閉ざした。

誤魔化されている、とは思わない。ただまだ『その時』ではない。そう言われている気がする。

アストレアは謝るように苦笑いし、【ステイタス】更新の準備を始める。

もう昨日のような更新結果は出るまい。

──などと思えたら良かったのだが、リューはこの時には既に、予感があった。

Lv.5
力：I50→G200　耐久：I50→G200　器用：I50→G200　敏捷：I50→G200
魔力：I50→G200
（まだ上昇する……）
全アビリティ熟練度、上昇値750ぴったり。

昨夜の結果が可愛く見えるほどの、倍以上の更新値。

『基本アビリティ』の評価が嘘のように軒並み、均一に上がっていく。まるで世界最速兎《レコードホルダー》にでもなったかのようだ。

流石《さすが》のリューも、これには疑問を抱かずにはいられない。

「アストレア様、これは……」

「きっと、貴方の思っている通りよ」

服を着ないまま瞳を向ける眷族に、アストレアははっきりとそう述べた。

「私もこんな事態は初めて。でもリューのためにも、この『過程』は必要だと思ってる」

「……」

「この『過程』が全て終わった時、発現を控えている『魔法』も必ず与える。だから、今は貴方が歩んできた五年という『旅路《ステイタス》』と向き合って、自分のものに変えてほしい」

この背中に埋まる五年分の物語を開いた時、神が何を見通したのか、リューはようやくわかってきたような気がした。

だから、リューの答えは決まっていた。

「仰せのままに。アストレア様」

5

注文された品は、『エルフのための武装』。


足が速く、詠唱に優れ、高速戦闘を生業《なりわい》とする者の武器。

疾風《かぜ》のように駆け抜ける傍ら、砲撃級の『魔法』を敵陣に幾度となくお見舞いし、おまけに回復魔法も行使する。それを最初に聞いた時、でたらめ過ぎて「アホか」と思ったことをよく覚えている。


見えてくる『使い手』の人物像《イメージ》は、一撃離脱《ヒットアンドアウェイ》を多用する身軽な妖精。

職業分類《カテゴリー》の中では、前衛に重きを置いた『魔法剣士』が最も近い。

ならば比重を置くべきは武器としての純然たる威力であり、同時に『魔力』を底上げできる『杖《つえ》』としての側面。

戦場を駆け巡る『並行詠唱』の使い手という情報をもとに、武器はできる限り軽量のものがいいと結論した。反面、主戦場が前衛位置となるのなら武器の損耗率は高くなり、耐久性は必須。前者と後者で既に矛盾が発生しているが、そこは鍛冶師《かじし》の腕の見せどころ。両の性能を実現するために、まずは素材から厳選する。

魔法種族《マジックユーザー》独特の魔力の融和を目指すため、妖精里の『大聖樹の枝』は当然欲しい《マスト》。遊びを加える隙間はないと踏み、魔法大国《アルテナ》製の『魔宝石《まほうせき》』は砕いて粉末状で使用する。

武器状に加工した枝に粉末をすり込み、更に定着の媒介及び一層の魔力増幅のために『星窟《せいくつ》の聖泉《せいせん》』を用いることを考えた。自分のことながら革命的だと思った。樽《たる》いっぱいに張った聖泉《せいせん》の中に、時間が許す限り枝を浸すのだ。女神の助言通り『精霊産の素材』を加えることもできれば、きっとすごいものができる。

素材に目途《めど》が付いたなら、次は武器の構造《モデル》。

ドワーフが振り回すような剣や斧なら、ひたすら鉄に向かって鎚《つち》を振り下ろせばいいが、これは繊細さが求められるエルフの武器。軽量化のために限界まで削《そ》ぎ落とす必要があるし、『杖』としての機能を持たせなければならない。

それは明らかに『杖』を製造する魔術師《メイジ》の領分。これまで自分が行ってきた通常の武器作製工程とは異なる。だから『納期』が来るその日まで、鍛冶の腕を磨く以上に『杖』の構造の理解に努めることにした。

その上で、魔術師《メイジ》ではなく鍛冶師として、剣身部分《ソード》と握り部分《グリップ》の分離構造にすることを思いついた。

持ち手の握り部分《グリップ》には『杖』の属性を強く持たせ、剣身部分《ソード》には『武器』としての性能を際立たせる。

これだ、と思えた。これならば『剣』と『杖』が両立できる。

脳裏に浮かぶ理想像《ヴィジョン》は『星屑宿す木剣《つるぎ》』だ。

そこからは頭が思い浮かぶ『理想』を『現実』に落とし込む作業だった。

仮素材を用いた、百を超える試行錯誤なんて当たり前。

千の図面を起こしては、いくつも丸めては潰して駄目にした。

失敗した。上手くいかなかった。それでも最初のうちはまだ良かった。この失敗が糧《かて》となって成功に繋がると信じて疑わなかった。


けれど、自分の『心の迷い』を見透かすように、『理想』の残骸は形になってくれなかった。

お前のそれは机上の空論だというように、酷薄な『現実』が何度も耳もとで囁《ささや》いた。眠れない。漠然とした不安。心臓が痛い。こんなに歯を食い縛っているのに。悪夢を見れるだけマシな状態に陥ったのはいつの頃だったか。どこにも辿り着けないのではないか、そんな閉塞感が日に日に胸の奥で肥大化する。

まだ時間はある。

そう言い聞かせて、言い聞かせて、自分を騙し続けて……一向に成果は生み出せなかった。

樽に浸けていた『大聖樹の枝』は数えきれないくらい無駄にした。

試作はもうできない。もう完全に後がない状況。

女神《クライアント》が今の自分をどんな目で見ているのか。そう考えるだけで怖い。そんなことを考えてる暇なんてないのに、怖い。

ぐるぐるとぐるぐるぐると思考が空転して、ついには筆も工具も握れなくなって、工房から逃げる時間が増えて、ぼうっと無為に空を見上げ続けて……。

そして、とうとう、その『納期』はやって来てしまった。


「っ…………あさ?」

日はまだ出ていない。

にもかかわらず、頭が抱える鈍痛の深さから、夜が明けたことを察してしまう。

いつの間にか意識が落ち、机に突っ伏していたセシルはのろのろと顔を上げた。

『星《ほし》休む宿』の裏手に作られたセシル専用の『工房』。本拠《ホーム》の中で唯一石造りの鍛冶師の寝床は最近碌《ろく》に掃除されておらず、使いものにならなくなった素材や破り捨てられた図面が床に散乱している。職人の矜持《きょうじ》として作り上げた武器だけは壁際や戸棚に飾られてあるが、よく見れば刃が収められた鞘はうっすらと埃《ほこり》を被っていた。

隅に設置された炉も、側にある鉄床《アンビル》も、使われなくなって久しい。

不調《スランプ》と言うには烏滸《おこ》がましい停滞の象徴を、セシルは直視することができなかった。

目の周りが痛いし重い。超人と言って差し支えないLｖ．２の筈なのに。もう何もしたくなくて横になっていたいけど、今から眠れないことは察している。ぐぅぐぅと空腹を訴える体が恨めしい。セシルは全身にへばり付く倦怠《けんたい》の欲求を引き剝《は》がし、よろよろと立ち上がった。

「……私、防寒布《ケープ》なんて着てたっけ……？」

するりと肩から滑り落ちた防寒布《ケープ》に動きを止め、首を傾《かし》げる。

鈍痛に喘《あえ》ぐ頭は女神《だれか》が訪れて肩にかけていった可能性なんて思い至らない。ぼうっとしながら地面に落ちた防寒布《ケープ》を拾い上げたセシルは、部屋の隅へのろのろと移動した。

蓋を外し、あらかじめ水を張っておいた桶に顔を突っ込む。

最近こんなのばっかりだ。十六のうら若き乙女なのに、シャワーも浴びてない。水ですすいだ布で体を拭く程度。既に他界している母親が今の自分を見れば、盛大に溜息をついて拳骨してくるに違いない。

それもあれも、あのエルフがここに来たから——。

「……情《なっ》けない……」

このまま溺死《できし》したいなんて馬鹿なことを考える頭も、全て他人のせいにしようとしている弱い心も鎚《つち》で殴りつけて、セシルは桶から顔を上げた。

側にかけてある布を無造作に引っ掴み、ぐしぐしと顔を拭く。

寝起き直後特有の暗然気分《ダウナー》は拭い落とした。今からはいつも通り、気が強くて融通の利かない『セシル・ブラックリーザ』だ。少し動いただけでバキバキと鳴る自身の体に長嘆しながら、ひとまず食堂へ忍び込んで食料を調達してこようと工房の出入り口に向かう。

そこで、武器の置かれた戸棚に、置き手紙があることに気が付いた。

「『魔剣、持ってくねー☆』……ってシャウのやつ、私が打った『魔剣』全部使いきったの⁉ 嘘でしょう⁉」

あれだけ貯蔵しておいた万が一のための【ファミリア】の武力財産、『魔剣』が全て工房からなくなっている。

『魔剣』を作るのにどれだけの費用と手間がかかると思っとるんじゃい、と心の中で叫び声を上げるセシルは、怒ればいいのか疲れればいいのかわからない。

とりあえず頭を痛めながら二、三歩ふらついておいた。

目をきつく閉じて眉間に皺《しわ》を集めていたセシルは鎧戸《よろいど》にぶつかり、そこで気付く。

森の奥からうっすらと響いてくる、激しい『闘舞』の音に。

「……シャウも、イセリナも、あんなエルフに力を貸すなんて……」

瞼《まぶた》が開かれた時、瞳は鋭く工房の外を睨んでいた。

ウランダはよくわからない。だがあの二人は絶対に自分の意思でリューに手を貸している。

セシルが目の前であれだけ糾弾して、気に食わないところを列挙したというのに。

彼女達は団長である自分ではなく、酷く生真面目そうで無愛想で冷たくて、けれどあの迷宮都市《オラリオ》で戦い続けた偉大な先達に味方しているのだ。

「…………本当に、情《なっさ》けない」

そんなことを考えてしまう少女は、いつの間にか悲しみに染まった顔で、森の方角を眺めていた。

◆

「シャウ、早く!! 追いつかれる！」

「無理っ、無理〜〜っ!? おんぶして、イセリナぁ〜〜〜〜!!」

剣製都市《ゾーリンゲン》滞在四日目。

今日も今日とて早朝訓練に精を出すリューは、狩人になっていた。

相変わらず『魔剣』を駆使し、更にいつ仕掛けておいたのか落とし穴を始めとした罠まで用意して迎え撃ってきたイセリナ達のあの手この手を、全て粉砕してのけていた。

ことごとくを突破されて今は敗走もかくやといった体で森の中を逃げ回るイセリナとシャウを、猛追している最中である。

（昇華した【ステイタス】にようやく心身《からだ》が馴染んできた……！）

昨夜再び大きく能力値《ステイタス》が上昇したが、手応えがある。

『調整』を通じて、Lv.5として十全の動きを発揮できつつあると。

イセリナ達の協力のもと、やれ『魔剣』やら『魔法』やらを超近距離で遠慮なくバンバン撃ち込んでもらったり、彼女達の制止を振り切って凄まじい高さの鉱山から何度も飛び降りたりと、『調整』内容は枚挙に暇《いとま》がない。

多少の荒療治、というより『できる限りの無茶苦茶な無茶』を繰り返し、リューは『第一級冒険者』と名乗れる状態を手に入れようとしていた。

（今日の『鬼ごっこ』では彼女達が何をしてくるか……期待させてもらおう）

『力で勝てないなら地の利を最大限まで利用する』。

『あらゆるものを使いつくす』。

ライラ達の思い出話を含めた昨日の助言を受け、後輩達がどんな作戦を見せるのか、『調整』とはまた違う場所でリューは楽しみにしていた。

こちらに捕捉されてから必死に逃走するイセリナとシャウには、本来ならばとっくに追いついているところだが、期待も込めて付かず離れずの距離で背を脅《おびや》かす。

すると、森の景色が徐々に変わっていった。

遥か頭上を塞ぐ葉と枝によって日の光も届かなくなり、まるで宵闇に沈んだ森のごとく。

薄暗く、しかし不思議と視界が利く青々とした森林は妖精《エルフ》の里のようにも見えた。

（……青々？）

そこでリューははっとする。

季節は既に晩秋。剣製都市《ゾーリンゲン》の森林地帯は──少なくとも『星《ほし》休む宿』の周辺は──すっかり朽葉色《くちはいろ》に染まっていた。

それが今、夏の森を彷彿とさせる緑森《りょくしん》が広がっている。

鼻をくすぐるのは紛れもなく濃厚な植物の香りだ。

異様な景色に警戒度をはね上げるより先に、まさか、とリューは思ってしまった。

この神秘と幻想は──。

「ユーフィ！　来ましたよー！　あの女神を惑わす不届き妖精さんとたっぷり遊んであげてくださーい！」

耳に飛び込んできたのは、先程から姿の見えなかったウランダの声。

何やら聞き捨てならない修飾があったような気がしたが、それどころではない。

イセリナとシャウが急いで横手にはけ、リューが草地を滑りながら急制動をかける中、正面の巨大樹には──『発光する幼児』が空中を浮遊していたのである。

『キャハハハハ！　あそぶ？　あそぶのぉー？』

頭に直接響くような甲高《かんだか》い笑い声に、見上げる格好となるリューは驚愕とともに呟いた。

「『精霊』……！」

間違いない。

発散される強い魔力。背後の森がうっすらと見える半透明の体。

ふわふわと空中に浮かぶその幼女は、『神の分身』とも言われる種族の一つである。

「剣製都市《ゾーリンゲン》の森に住み着いてる精霊、ユーフィちゃん（年齢不詳）ですぅー！」

「普段はアストレア様以外、彼女達の棲家には近寄らないんですけど……！　先輩が使えるものは使えって昨日言いましたからぁー！」

ウランダと一緒に木の陰に隠れているシャウとイセリナが、手段を選ばなくなった強盗のようにヤケクソになって叫ぶ。その頬にしっかり冷や汗を湛《たた》えながら。

彼女達が抱く恐怖、そして今も頭上から発散される『魔力の嵐』から、あの『精霊』が無邪気で厄介な『力の塊』であることを悟る。

「下位精霊……いや中位精霊！　『大精霊』に届かずとも、強い力を持つ『奇跡の担い手』か！」

その叫びに反応してか、見えない揺り籠の中でくつろぐような姿勢をとっていた風の中位精霊『ユーフィ』は、大きく円《つぶ》らな瞳を眼下のリューへと向けた。

『あなたがあそぶの？　――あなたとあそぶの！』

旋風が吹き荒れる。

咄嗟に顔を腕で覆ったリューの視線の先で、彼女以外の下位精霊達が、様々な光の玉となって森の中を漂い始める。

「ユーフィはいい子なんですけど、玩具《おもちゃ》を壊して遊ぶ厄災型《タイプ》のいい子でしてー！」

「連れてきておいてアレなんですけどっ、そのっ、死なないでください！」

「女神を独り占めする妖精に天罰を……」

シャウとイセリナとついでにウランダが声援やら呪怨《じゅおん》やらを投げかけてくる。

もはや手段を選ばなさ過ぎて『鬼ごっこ』の趣旨が行方不明になっているが、リューは一人気を引き締めた。

「『精霊』を相手取った『調整』……オラリオではかなわなかった鍛練だ！」

木刀を振り鳴らし戦意を表明するリューに、無垢《むく》な精霊は笑った。

『みんなであぁ～～～そぼっ！』

そうして。

どっこんバッコンと、大いに森を揺るがして、『お遊び』を終えた後。

「だ、大丈夫ですか、リュー先輩……？」

「問題ありません。むしろ、早く彼女のもとへ案内してほしかったくらいです」

精霊《ユーフィ》の棲家を後にしたリュー達は、茜色の西日に染められる本拠《ホーム》周辺の森へと戻ってきていた。

おそるおそる伺うイセリナが顔を引きつらせる程度には、そりゃあもー激戦を繰り広げたリューだったが、今もなおけろりとしている。精霊達の棲家から脱出するだけでも目を回し、今は背中合わせで座り込んでいるLv.1のシャウとウランダとは大違いだった。

「精霊達は遠慮を知らないので、本調子じゃない先輩を案内しない方がいいかなって思ってたんですけど……杞憂《きゆう》でしたね」

傷一つ負っていないリューの姿を見て、目の前にたたずむイセリナが最近癖《くせ》になりつつある苦笑を見せる。

第一級冒険者――オラリオを除けば下界中に何人いるかもわからないLv.5という怪物を目の当たりにしたことのないイセリナ達は、『常識的な行動』を取ったのだろう。

これがオラリオで、一度は第一級冒険者を目にした冒険者達ならば『心配するだけ無駄』『殺しても死なないような連中』『常識なんて当て嵌《はま》まらないから怪物って言うんだゾ？』などなど散々なことを言って遠慮などはしない。それほどLv.5という数字は図抜けているのだ。

空笑いするイセリナを前に、互いの認識に差異があったことを反省するリューは、しかし嬉しい誤算であったと呟いた。

（きっとアストレア様も、あの精霊達がいるからこそ、『調整』のために追い込めると踏んでいたのだろう。ここがオラリオではなかったとしても）

だから何の憂いもなく、当初は焦っていたリューをこの地に引き止めていたのだ。

だったら先に教えてくれればいいものを、と思いはするが、それはそれで【ステイタス】に振り回されている状態で精霊達のもとへ突撃していたことだろう。怪我を負う危険性《リスク》を減らすために、と言われてしまえば、つい先日まで焦燥の化身であったリューは何も抗議などできなくなる。

どこまでも自分のことを考えてくれている女神に、リューも感謝とともに微笑をこぼしそうになった。

「ところで、ユーフィと言ったあの精霊、いつから住み着いているのですか？　中位精霊にこのような場所でお目にかかれるとは、正直夢《ゆめ》にも思っていませんでした」

「セシルの話によれば……私達が生まれるより以前から、この剣製都市《ゾーリンゲン》にいたそうです」

オラリオにも『ノーム』を始めとした下位精霊は何体もいるが、中位精霊となると、世界中で見てもその数は一気に減る。上位精霊と呼ばれる所謂《いわゆる》『大精霊』級《きゅう》になると、もはや『古代』の御伽噺《おとぎばなし》に登場するような伝説の存在だ。

リューの疑問に、剣製都市《ゾーリンゲン》の外の出身であるイセリナは知ってることを話す。

「というより、精霊が住み着いていたからこそ、この地に剣製都市《ゾーリンゲン》が生まれたそうです。精霊が住み着くことで森や大地、水源が豊かになるのは周知の通りですし」

「なるほど……」

武器の素材や鍛冶の環境にすこぶる恵まれているということだ。

しかし職人達にとって楽園とはいえ、肝心な自然を伐採され、破壊され、汚《けが》されては精霊達も黙っていないだろう——それこそ鍛冶貴族《クロッソ》のような末路を招くだろう——と眉をひそめているると、イセリナはリューの考えていることがわかったのか、肩をすくめた。

「勿論、精霊達は爆発したそうですよ。しかも数年前、ここ最近の話です。で、そんな精霊達の怒りを鎮めたのが……アストレア様らしくて」

「なんと」

まさかの話の続きに、リューは目を丸くしてしまった。

それと同時に、十分ありうるとも思ってしまった。どこかの優男の神が不敬にも言っていたそうだが、アストレアは穏やかそうでいて実は『お転婆』だ。

リューが思わず唇を変な形に曲げてしまうと、狼人《ウェアウルフ》の少女はおかしそうに体を揺らす。

「精霊の怒りを買った剣製都市《ゾーリンゲン》は、それはもうエラいことになって存亡の危機まで行ったそうなんですけど……五年前にふらりと現れたアストレア様が仲裁に入ってくださって、ことなきを得たと聞きました。だからもしかしたら、この都が今日も平和なのはリュー先輩のおかげかもしれませんね」

「それは悪い冗談だ……。私は自分勝手にアストレア様を遠ざけただけで、決して褒《ほ》められたことではない……」

リューが苦《にが》そうな顔を浮かべ、「すみません、失礼でしたね」とイセリナはすぐに謝った。

「とにかくアストレア様のおかげで、剣製都市《ゾーリンゲン》と精霊側は上手く共存できるようになったそうです。森や山から採取できる素材は上手く調整したり、鍛冶師達も精霊が求める供物や娯楽を一年のお祭りの中で捧《ささ》げたり……」

「では都の主要部ではなく、こんな森の外れにアストレア様が居を構えているのは……」

「はい。精霊達の様子を見守るためです。あとは植林とか、自然の保全を率先してやるために」

自分の活躍を武勇伝よろしく語るのが苦手なアストレアの代わりに、イセリナに教えてもらい、リューは色々な『何故』が氷解した。

どうしてアストレアは剣製都市《ゾーリンゲン》にやって来たのか、という疑問は残っているものの、これは近いうちに知ることができるだろう。そんな予感があった。

「だから剣製都市《ゾーリンゲン》の人間はアストレア様にいたく感謝しているそうです。かくいう私も、そのご活躍を聞いてここまで来て、眷族にさせてもらった口ですし」

「……セシルもですか？」

「はい。彼女の場合は精霊達を調停するアストレア様を目にしたでしょうし、飛びつくように【ファミリア】へ入ったんじゃないでしょうか」

頷くイセリナに、リューは口を閉ざした。

糾弾《きゅうだん》されたあの日から碌に顔を合わせていない藍色の髪の少女のことが、今も気になった。

「長々と立ち話をしちゃいましたけど、これからどうしますか？　私達は……すいません。ちょっと鍛練に付き合うのは難しそうなんですけど……」

「構いません。イセリナ達は休みなさい。私もほぼほぼ能力《ステイタス》の『ズレ』を掌握できた。この後は自分のやり方で調整します」

礼を告げるイセリナとまだ疲労困憊《グロッキー》状態のシャウ、ウランダに感謝と労《ねぎら》いの言葉をかけ、リューは背を向けた。

碌に整備はされていない、獣道も同然な本拠《ホーム》への一本道を歩んでいく。

（そう、今の状態にはもう適応できた。ならば、次《い》は……）

今夜も待ち受けているだろう【ステイタス】更新に思いを巡らし、覚悟を決めていると、

「リュー。今日はもう、鍛練は終わり？」

「アストレア様？」

道の奥、正面から女神がやって来た。

秋の終わりを告げる風に胡桃色《くるみいろ》の長髪を揺らす主神のもとへ、眷族は小走りで近付く。

「護衛もつけず、一人で出歩かないでください……。イセリナ達のおかげで数は少ないようですが、この森にはモンスターが出ます」

「大丈夫よ。セシルの剣もちゃんと持ってきてるから」

不用心な行動につい小言を言ってしまうと、アストレアは両手で抱えていた長剣を見せてくる。纏っている純白の召し物に似合わない物騒な武器に、リューは微妙な表情を浮かべてしまった。

その柔らかい物腰からは想像できないが、『正義』を司るアストレアはちゃっかり『武闘派』寄りの神だ。

天界では裁きを下す側の女神であり、剣《つるぎ》の腕前はかつての輝夜《カグヤ》曰く「手合わせをしたらお前が泣く強さ《レベル》だ。というか私は悔し泣きした」らしい。アリーゼもオラリオに来る前、アストレアと二人きりの旅をする中で——可及的速やかに力をつける必要があったとはいえ——結構酷烈《スパルタ》な訓練を受けたと言っていた。

具体的には『絶対勝てなくはないけど覚醒しないと厳しいモンスターの群れ』と戦っているところをウフフと笑いながら見守られて、アリーゼ本人はボロボロになっているのにココはこうした方がいい、ソコはああした方がいい、と的確な助言を与えられるのだそうだ。死地の中での助言は効果が抜群で、というか実践できないと死体が一つできあがってしまうので、とてもとても吸収しやすくて為《タメ》になるのだそうだ。

アストレア本神《ほんにん》が直接何かをするということはないそうだが、自分では『もう無理』と思っている境界《ライン》を飛び越えて限界の限界の限界ギリギリを見極めるのが本当に上手いらしい。

正直《しょーじき》、リューも派閥入団直後、悪党どもを相手にそれに近い経験を積まされたことがある。

つまり、しごかれたのである。既に【ランクアップ】している後輩達《セシル》も似たような指導を受けたのではないか、とリューは踏んでいる。

『アストレア様やばくね？　こわくね？』

と七年前の当時、輝夜《カグヤ》達の話を聞いてライラがドン引いていたが、

『その後たっぷりお膝やお胸で甘やかしてもらうからいいのよ！』

とアリーゼは決め顔《ドヤ》で言っていた。そんなことできるのは貴方《おまえ》だけだ。しかし真理である。

アストレア様《しゃま》、どこまでも付いていきましゅー。

閑話休題。

頭の片隅で女神を拝み出す星乙女達《アストライアーズ》を徹底的に無視しつつ、リューは嫌味にならない程度に小さく嘆息した。

「イセリナから聞きました。精霊の話や、アストレア様が剣製都市《ゾーリンゲン》を訪れた当時のことを」

「ああ……聞いてしまったの？　恥ずかしいわね」

長剣を抱えつつ、頬に片手を添えるアストレアは照れ臭そうに笑った。

話を誤魔化すように「私がやらなくてもヘファイストスあたりがきっと何とかしてくれたわ。

彼女もこの剣製都市《ゾーリンゲン》によく寄っていくから」と言っていたが、リューは何も言わないでおいた。

そんなリューにアストレアは益々《ますます》恥ずかしそうにしていたが、不敬ながら、その姿は可憐《かれん》だと思ってしまった。

「……わざわざ森まで出向いて、私達に何か御用でしたか？」

ライラ達のように女神をここぞとからかう趣味は持ち合わせていないので、リューは思ったことを尋ねた。

一頻《ひとしき》り恥ずかしがっていたアストレアは、両の眉尻を下げながら笑い、用件を伝えた。

「セシルが都に行ったきり、戻ってこないの。……リュー、貴方が迎えにいってくれない？」

驚くリューに向かって、神託のように、そう告げた。


妖精が駆けていく。

宵闇が迫る東から、今も茜色に輝く西の都へと。

その後ろ姿を見送ったアストレアは、鞘に収められた剣の切っ先を地面につき、空いた片手で懐からあるものを取り出した。

「もう、時間はないのね……。ごめんなさい、リュー、セシル……駆り立ててしまって」

それは一通の手紙。

施されたのは、『翼と旅行帽』の封蝋《ふうろう》だった。

夕焼けの色に染まる剣製都市《ゾーリンゲン》を拝むのは、これで二度目だった。

三日前に初めて訪れた時と同じく、都市部は酷く雑多で、鎚の音が絶えない。

路傍で作業をしている職人達は当たり前で、今も鍛冶師と思しき者達が流派の違いでもあるのか大声で怒鳴り合っている。フード付きのケープを被り、覆面をしているリューはそれを横目に、手渡された地図を確認した。○印が記された目的地には『ブラックリーザ』と共通語《コイネー》が綴られている。

アストレアが言うには昼頃、セシルは館を出たらしい。

彼女が向かったのはきっと生家だろうと言われ、剣製都市《ゾーリンゲン》の中でも有数の巨大工房を目指している最中だった。都市部の中央に向かうにつれ、鎚の音も、熱気も激しくなる。日が沈みかけようと武器を生み続ける、まさに剣製の都にリューが驚嘆に近い息を漏らしていると、

「あれは……」

見覚えのある『施設』を目にした。

上半分のない砂時計──つまり逆漏斗状《ろうとじょう》の形状。

金属めいた鉱石で作られており、今も緑玉明色《エメラルドグリーン》の光を内部から放っている。剣製都市《ゾーリンゲン》にやっ

て来たばかりのリューが重要な施設なのだろうと見なしていた、あの『神秘』の輝きだ。

そしてその施設は、『ブラックリーザ』の巨大工房の隣に存在した。

「お願い！『精霊炉《せいれいろ》』を貸して！　あれが使えれば、きっと依頼された武器もできる筈なの……！」

開けっ放しにされている巨大工房の入口。

その前に、セシルは立っていた。

作業衣に身を包んだ浅黒い肌の男達に囲まれながら。

「何を今更言ってやがる。うちを飛び出して、アストレア様のもとへ泣きついた小娘が。設備を変えれば武器が仕上がるとでも思ってんのか。笑わせるんじゃねえ」

「っ……！　でも、父さん！」

穏やかではない空気にリューは駆け寄ろうとしたが、聞こえてきた会話に彼女達の間柄を察し、立ち止まる。

少女の真正面で両腕を組む筋骨隆々の男性がセシルの父親で、両隣に並んでいる壮年の男衆が兄なのだろう。

こちらに背を向け、リューに気付いていないセシルは必死だった。

「そもそも、精霊なんか幾らでも従えてやると切った啖呵《たんか》はどうした？　お前は下位精霊にも認められてねぇじゃねえか」

「そ、それは……！」

「『滴《しずく》』一つ持ってこれねえ半端野郎に、剣製都市《ゾーリンゲン》の『精霊炉』は貸せねえ。……覚悟も腕前も伴ってねえ半人前め。お前に工房の一つも任せなくて正解だったぜ」

傍から見ても冷酷と言える父親の言い草に、体を震わせた少女は、爆発した。

「私だって!!　私だって、死ぬ気で頑張ってるわよっ!!」

まるでいつもの光景のように、それまで素通りしていた鍛冶師達が足を止め、少女と男達を見やる。

「父さん達に認めてもらえなくて、家から飛び出してっ、アストレア様のもとで沢山の武器を打った！　Lv.2になって、『鍛冶』のアビリティだって発現させた！　もう『魔剣』だって作れる！『リーザ』の工房以外だったら、他の鍛冶師より私の方が上に決まってる!!」

「……」

「それなのに腕前が半端って、何よ！　覚悟って何なの!?　私の何がいけなくて、父さん達は認めてくれないの!?」

悲痛な声だった。聞いているリューの胸も揺れ動いてしまいそうな、涙のない慟哭《どうこく》。

少女の前に立つ鍛冶師達は顔色を変えない。

うつむいて、地面に向かって叫び続ける肉親を見下ろし続けている。

「そんなこともわからないのか？」「だからお前は駄目なんだ」「この五年間、何を学んでたんセシル」「覚悟ってのは芯に決まってるだろ」「おい馬鹿、言い過ぎるな」「また泣くのか？」「泣き虫だ？」

七人の兄弟が口々に心ない言葉を投げかける。

少女の拳が握りしめられる中、最後に、父親が口を開く。

「依頼された品が完成しねえ。それが半人前の証だ」

「っっ⁉」

「お前には『芯』が足りねえんだ。アストレア様の言葉を借りるなら……鍛冶師《おまえ》だけの『正義』が」

顔を振り上げる自分の娘に、男は冷たく突き放した。

「さっさとアストレア様のもとへ帰れ。小便臭ぇクソガキめ」

瞬間、少女の眉が逆立つ。

拳を振り上げたセシルは、頭一つ分以上も大きい父親の胸ぐらを掴み、殴りかかろうとした。

「待ちなさい」

「！」

それを、リューは止めた。

音も立てない瞬時の接近で背後に迫り、木刀を少女の肘の内側に差し込みながら。

突然現れたリューに、セシルははっと振り返り、兄達は驚いた目を向ける。

今も娘に胸ぐらを掴まれている父親だけが、顔色一つ変えていなかった。

「どうしてっ、あんたが……！」

「アストレア様が心配していました。貴方の事情はわかりませんが……今は落ち着いた方がいい」

感情的になってはいけない。

そう伝えたかったのだが、セシルはまるで取り乱したように、がなり始めた。

「っ――余計なお世話よ!!　どうしてあんたにそんなことを言われないといけないの！」

「……」

「先輩面しないで!!」

木刀を振り解き、父親からも手を放したセシルは叫んだ後、工房前から走り去っていった。

夕暮れに包まれる鍛冶師の都が、まるで少女を呑み込むように物陰の奥へと消す。

間もなく、止まっていた時間が動き出した。鎚の音が鳴り、周囲の喧騒が蘇る。

取り残された者達の中で、七人の兄弟はリューに対する戸惑いと、ばつが悪そうな顔を浮かべていた。

彼等を一瞥したリューはそのままセシルの後を追おうとしたが、

「あんたが『使い手』か？」

「『使い手』……？」

胸もとを直す巨漢に、呼び止められた。

向き直ると、セシルの父親はじっとこちらを見つめてきた。

「私はアストレア様の眷族……セシルの先達に過ぎません」

納得する答えでは、決してなかった筈だ。

それでもセシルの父親は小さく頷きを落としたかと思うと、次の言葉を告げた。

「セシルのこと……どうか、よろしく頼む」

リューが目を見張る中、七人の息子達とともに、一族の長《おさ》は懇願してくるのだった。


少女は館に帰っていなかった。

本拠《ホーム》に戻るなり、慌てふためくシャウ達の話を聞き、リューはすっかり日が暮れた夜の森を単身駆けた。

「リュー。きっと、精霊《ユーフィ》のところ」

飛び出す間際、女神の託宣を預かったリューは記憶にある道筋をなぞった。

風となり、茂みの手を振り払って、何度も宙を貫きながら。

(本来の目的から考えれば、私は今、何をやっているのか——ということになるのだろう)

オラリオで始まろうとしている最大の『大戦』。

少年のため、娘のため、リューは一秒でも早く彼女達のもとに駆け付けなくてはならない。

たとえ女神に願われても、少女の家族に託されたとしても、今ばかりは他者の余計な荷物など背負っている暇はないのだ。

少年への想いを忘れたわけではない。

娘への様々な感情を捨てたわけではない。

急がば回れ、もしくは回り道こそ近道などと、都合のいい言葉を盾にするつもりもない。

(それでも私は、【アストレア・ファミリア】だ)

リューは、これもまた『正義』であることを信じている。

アリーゼ達なら、かつての【アストレア・ファミリア】なら、セシルを救い、ベル達をも助けた筈だ。

輝夜《カグヤ》は愚痴を言い、ライラが貧乏くじだと溜息をつき、アリーゼが大丈夫だと笑って、最後はみなで『理想』を目指すことを選ぶだろう。

あの少年だって、『深層』の決死行で『理想』を求め続けた。

ならば今のリューが欲張ることは、許される筈だ。

「たとえ未熟の身であろうと――私は彼女《セシル》の『先輩』だ」

だからリューは、今を尽くすのだ。

呟きを更なる疾風を呼び込む源《みなもと》に変え、妖精は加速した。

闇の暗幕に覆われた朽葉色《くちはいろ》の木々を抜けていく。

ややあって、もはや『領域』と言うべき深緑の森、精霊達の棲家へと突入する。

「ユーフィ！　『滴《しずく》』を寄越しなさい！」

視界の遥か奥、葉々の円蓋《ドーム》に覆われた広大な空間に、セシルはいた。

頭上を浮遊する『精霊』に向かい、ハンマーを突き付けて。

「あんたが『滴』を渡せば上手くいくの！　父さん達は私を認めて、武器もちゃんと作れて、全部全部っ、上手くいく!!　そうに決まってるんだ！　そうじゃないと、私は……！」

気丈に叫んでいる筈なのに、その背中はまるで迷子のようだった。

リューには今の彼女が、泣いているように見えた。

他方、精霊はセシルと顔見知りなのか、宙で寝そべっているような状態で、酷くつまらなそうな顔を浮かべていた。

「だから、いい加減私を認めなさい！」

一歩前に踏み出して言い募るセシルに、中位精霊《ユーフィ》は悪戯《いたずら》好きの笑みを浮かべた。

『やーだよっ』

「っっ……このっ、馬鹿精霊っ！」

爆ぜる怒声とともに、セシルは地を蹴った。

頭上に浮かぶ精霊に向かって、一撃を食らわせてやろうとハンマーを振りかぶる。

いけない。疾走を続けていたリューも速度を上げ、その背中を追う。

だが、惜しくも間に合わなかった。

ニヤニヤと笑う精霊の『悪戯』の方が早かったのである。

『いまのセシルはきら～～いっ！』

そう言った直後、横殴りの突風が吹き、リューから見て少女の体が真横へと攫《さら》われた。

空中では体勢もままならないセシルが愕然と硬直する中、森の円蓋《ドーム》の一角がなんと、口を開けるように葉々が一斉に退《の》け、森の外へ繋がる『大穴』を作り出したのである。

そしてその外に広がるのは、切り立った断崖。

『キャハハハハハハハハハ！』

精霊の無垢な笑い声が夜を貫く中、一陣の風となったリューは『大穴』に飛び込んだ。

そして驚愕するセシルに向かって手を伸ばし、自らも断崖の底へと落下するのだった。


崖の下には運よく深い川が流れていた——なんてことはなかった。

代わりに小さな林が広がっており、少女の体を捕まえたリューは超人的な動きで岩壁を蹴っては枝や幹を踏み、極東の忍者さながら着地を決めた。

「きゃあああああああああっ⁉　──うぎゃっ⁉」

悲鳴を上げていたセシルは枝に引っかかってしまい、すぐにそれは折れ、地面と抱擁を交わしてしまったが。

「無事ですか？」

「……無事じゃあ、ないわよっ。ユーフィのやつ、本当に殺すつもり……⁉」

傷一つないリューが歩み寄ると、地面から上体を引き剝がしたセシルは、怒りからか恐怖からか、体をわなわなと震わせていた。

よろよろと立ち上がったセシルは再び精霊の棲家へとつま先を向けたが、駄目だった。

力を失ったようにへたり込み、背後にあった幹へと寄りかかってしまう。

「ここで少々、休みましょう」

「休む必要なんてないっ。私はＬｖ．２なんだからっ、これくらい……！」

「疲労を蓄積している今の貴方ではすぐに膝をつく。顔色があまりにも優れない」

「っ……！」

目の下やこけた頰に凝り固まった疲労の影を見つけ、セシルが連日碌《ろく》に寝ていないことをリューは看破していた。

崖から落下し、張り詰めていた緊張の糸も切れ、今は力が入らない状態だろう。常人ならば意識を手放しているところだ。

体が言うことを聞いてくれないのか、反論できないセシルは悔しそうに唇を噛んだ。

ぽっかりと開けた林の一角。

焚き火も必要ない星明りだけが、二人の間に降りそそいでいた。

「……何でまた、私の前にいるの?」

僅かな距離を開けたまま、リューがその場へと腰を下ろすと、押し黙っていたセシルが時間をかけて、口を開いた。

「アストレア様とシャウ達が心配していた。私も、貴方のことが気がかりだった」

貴方の家族にも頼まれて、というのは伝えないでおいた。

きっとややこしくなるし、あれほど激昂していた彼女は信じないだろう。

セシルは、顔を歪めた。

「嫌い、って言った相手に助けられるなんて……」

「……」

「最悪、みっともない、格好悪い……最低っ……」

怒っているのか。悔しいのか。

おそらくは後者だろう。

初対面のリューにあれほど食ってかかったセシルなら、万全の状態であれば今頃喚《わめ》き散らしていたに違いない。

今の彼女はそんなことができないくらい、心身疲れ果てているのだ。

「……あんたも笑いに来たの？　それとも文句を言いに来た？　いつまで経ってもあんたの武器を作れない私を……」

じっと見つめ続けるリューに何を思ったのか、自嘲を滲ませながらセシルが言った。

リューは純粋に、小首を傾げた。

「何の話ですか？」

「……何も話を聞いてないの？　アストレア様から」

「ええ」

「……イセリナ達からも？」

「そういえば、イセリナがシャウに口止めしていた気がします」

淡々と答えると、セシルは目を伏せた。

「アストレア様って、本当に意地悪……」

その言葉に、リューは咎めるわけでもなく、やはり淡々と問うた。

「本当に、そう思っているのですか？」

「……ううん、思ってない。私が、意気地なしなだけ……」

そう言って、セシルは寄りかかっている木の幹に体重をかけた。

もう自分の体を支えることも難しいように。

間もなく、惨めな自分を認めるかのごとく、『それ』を打ち明ける。

「あんたの専用装備《オーダーメイド》、依頼されてたの。五年前、アストレア様から」

「！」

「次に会った時、新たな旅を始められるよう『翼』を送りたい眷族《こ》がいる、って……」

女神が剣製都市《ゾーリンゲン》に訪れ、セシルと初めて出会った時。

都市と精霊達の揉《も》め事を鎮めた後、彼女はふとセシルを見つけると、微笑んで、真っ直ぐ歩み寄ってきたそうだ。

『私達が再会できるのは、きっとあの子が長い旅路を終えた後。その時、新たな力……星明りが必要になる筈。私はそれを、貴方に作ってもらいたい』

かつてのアストレアはセシルの前でそう言ったそうだ。

『派閥大戦』を始め、現在の趨勢《すうせい》を予見していたわけではないだろう。

しかしアストレアは信じていたのだ。

アリーゼ達を喪《うしな》い、一度は復讐の炎に焼き尽くされたリューが再び歩み出し、『正義』の答えを見つけ出すことを。

そしてそんなリューのために、『未来』を目指し、切り開く『翼』を用意しようとしてくれていたのだ。

それが、アストレアが剣製都市《ゾーリンゲン》に訪れた理由。

全ては、リューのため。

(なんてことだ……)

リューは瞠目《どうもく》しながら、握りしめてしまいたいほど心が震えてしまった。万感という万感が胸に迫った。もう何度目とも知れない女神の慈愛をすぐ側に感じ、許されるならば、顔を隠して泣きつきたくなってしまうほどだった。

それと同時に、セシルがあれだけ激怒していた理由がわかった。

激怒して当然だとも思った。

リューはアストレアの想いも、慈しみも知りもしないで、すぐにオラリオに帰ろうとしていたのだから。

「私はそれに……飛びついた。もともと私もアストレア様を探してて、何が何でも【ファミリア】に入ってやろうって思ってたから」

「貴方自身も?」

「そう。精霊達《ユーフィ》を鎮めたアストレア様は剣製都市《ゾーリンゲン》の英雄みたいなもので、父さん達も敬意を払っていたから。あの女神様の眷族になれば……私も父さん達にきっと認めてもらえるって、そう思って……」

少女の根源に近付く音がした。

踏み入っていいものか、リューは内心、一度躊躇《ちゅうちょ》した。

しかしすぐに、迷いなんて放り投げ、彼女のもとへ近付いた。

今はいない愉快《アリーゼ》な先達ならば遠慮などせず、ズカズカと踏み入って、話を聞き出していただろう。

今のセシルと同じ顔をしている、出会ったばかりの頃のリューへそうしてくれたように。

「貴方と家族の間には、確執《かくしつ》が？」

「どうなんだろう。そんな格好いいものなのかな。わかんない」

「……」

「でも、私も父さんも、兄さん達もみんな頑固だから……。母さんが亡くなった後も、私達、ずっと喧嘩《けんか》してた」

リューに尋ねられ、セシルも腹を決めたのだろう。

あるいは破れかぶれになっているのかもしれない。リューの知っている炎のような態度は鳴りをひそめ、歯車が壊れてしまった人形のように、ぽつぽつと語った。

「私は剣製都市《ゾーリンゲン》の生まれで、家族も親戚も、みんな鍛冶師。強い武器を作って、必要な人達に供給することが都市の命題で、私達が生きている意義みたいなものだった」

それは剣製都市《ゾーリンゲン》に根付いている風土のようなものなのだろう。

下界でも有名な鍛冶師達の都《みやこ》は明確な役割を求められている。強い武器を。強い力を。

彼等は武器の本質を理解していて、そこに善や悪を求めることは不毛だと知っている。

気に入らない客には武器を売らなければいいだけ。

だから、ただただ鍛冶の腕を極め、より優れた武具の誕生を目指し続ける。

それはある種、都にいる全ての者達の手で『至高』に至らんとする試みであるのかもしれない。

探るようなリューの視線に気付いたセシルは、小さく笑った。

「剣を打つこと自体は、好きだったよ。何の変哲もない鉄の塊が形を変えて、綺麗《きれい》な剣に変わっていくのが、芸術みたいだって思った。初めて自分が関わった武器が売れて、『この剣に助けられた』って客が言って、また違う武器を買っていってくれた時、すごい嬉しかった」

リューのように故郷の風土に犯された奴隷ではないことを証明する少女は、けれどすぐに顔を暗くした。

「でも、末っ子の私は落ちこぼれだった。家族の中で女は私だけで、兄さん達にいつも馬鹿にされてた」

「……」

「悔しくて悔しくて……ずっと鍛冶場に引きこもって、狂ったように鉄を打ち続けた。色々な武器に構造も考えて、私なりの挑戦《アプローチ》だってでした。でも、父さん達は絶対に認めてくれなかった」

「……何故、認めてもらえなかったと思ったのですか？」

「私以外、『ブラックリーザ』の鍛冶師はみんな【ファミリア】に所属してるのよ？　じゃあ入団させてもらえない私は、認めてもらえていないに決まってるじゃない」

顔は常に煤《すす》でよごれ、火傷なんてしょっちゅう。手の皮は何度剝《は》がれたかわからない。燃え盛る炉の前で、大粒の汗を流しながら鎚を振るい続ける少女の姿を、この時リューは確かに幻視した。

「都市にたまに来るヘファイストス様に、入団させてって頼んだこともある。でも父さん達に何か言われてるのか、ヘファイストス様も顔を横に振るだけだった……」

——だからアストレア様を利用しようとした。

目を開くリューの目の前で、セシルは後悔に暮れる罪人のように、はっきりとそう言った。

「最初は、『鍛冶』のアビリティが目的だったの……」

「！」

「上級鍛冶師《ハイ・スミス》になっちゃえば、父さん達も私を認めるしかないってそう考えた。そこで認めてもらえなかったら、次は『精霊の滴《しずく》』を狙ってやろうと思った」

「『精霊の滴《しずく》』……？」

「アストレア様が調停してくれるずっと前から、剣製都市《ゾーリンゲン》は『精霊』と縁が深い。都市には今でも『精霊』由来の建物がいくつも残ってる。……あんたも『精霊炉《せいれいろ》』、見たでしょ？」

緑玉明色《エメラルドグリーン》の輝きが脳裏に過《よぎ》り、あれか、とリューは思った。

　聞くところによると、あの『精霊炉《せいれいろ》』を用いれば、通常の工程と比べて武器をより強化できるらしい。特に『魔剣』や特殊武装《スペリオルズ》を作製する際に真価を発揮するそうだ。外部作用による『鍛冶《アビリティ》』の底上げと考えた方が良さそうだと、リューはそんな感想を抱く。

　それまでの風習が形骸化し、鍛冶師達の傲慢《ごうまん》が祟《たた》ったのか五年前にとうとう精霊達の怒りを買ってしまったが、古くから続く剣製都市《ゾーリンゲン》は『精霊』と共存して信頼関係を結んでいたそうだ。英雄に力を与える御伽噺の『精霊』のように、彼女達は鍛冶師達に『精霊炉』を始めとした恩恵を与えていたという。

「剣製都市《ゾーリンゲン》で『精霊』に認められるっていうのは重要なことなの。森や山を棲家にしている精霊達と接触して『涙』……『精霊の滴』を持ち帰った人だけが『精霊炉』を使う資格が与えられる。私はそれが欲しかった。父さん達を見返す武器を作るために……」

『精霊炉』の他にも、剣製都市《ゾーリンゲン》は『サラマンダー・ウール』や『ウンディーネ・クロス』など、所謂《いわゆる》『精霊の護布《ごふ》』も与えられているらしい。

　セシルの父親のような『滴』を持ち帰った者達が『精霊』と交渉し、調達するのだそうだ。剣製都市《ゾーリンゲン》はこの一部をオラリオにも提供していると聞いてリューは驚いた。『バベル』で販売される『精霊の護布《ごふ》』の仕入れルートが複数あることは知っていたが、剣製都市《ゾーリンゲン》もその中に含まれていたのだ。同じ『バベル』に店舗《テナント》を出している【ヘファイストス・ファミリア】が意外にも一枚嚙んでいるのかもしれない。

脱線したが、剣製都市《ゾーリンゲン》には昔からの仕来り、その延長が根付いているのだろう。

「何も知らない女神様が『武器』を作ってくれなんて言ってきて、思ったの。私を利用しようとしてるんだって。なら、私も利用してやろうって、そう思った……」

それからセシルの眷族生活が始まった。

打算だらけの彼女は、慈悲や正義なんてものを司るアストレアを内心馬鹿にしながら、とにかく【ランクアップ】できるよう精を尽くしたのだと言う。

「まぁ、そこで精霊《ユーフィ》達相手にたっぷりしごかれたんだけど……」

（やはり……）

「いや、私が無茶ばっかり言うからアストレア様も応えてくれただけなんだろうけどね……。あの頃は文句ばっかり言ってたなぁ。アストレア様も私の嘘とか、やましいところ、全部見抜いてた筈なのに……嫌な顔一つしないで、力を貸してくれた」

セシルの口調が若干軽くなり、柔らかくもなる。

アストレアとの思い出を振り返る彼女は、いつの間にか唇を曲げていた。

「アストレア様と一緒に、最初はオンボロの小屋をこの森に作って、毎日精霊《ユーフィ》達のところに通って、空いた時間は必ず武器を打って……」

「……それで？」

「小さなテーブルの上で二人でご飯を食べて、私は愚痴を何度も言って、アストレア様はずっと聞いてくれて、たまに二人で笑うようになって……」

相槌《あいづち》が下手だ、とリューは思った。

自分のことながら落胆するが、それでも少女は小さな笑みを隠しきれず、『今のセシル』になるための過程を語ってくれた。

「もっとがむしゃらに鍛冶の腕を磨かなきゃいけないのに、何やってるんだろうなー、と思った。だけど、不思議よね。回り道なのに、全部が上手くいくようになった」

少女はめきめきと成長し、作り上げる武器も剣製都市《ゾーリンゲン》の職人達が唸《うな》るほどのものになっていった。父親達は決して認めてくれなかったが、それでも手応えを得るようになった。

やがてアストレアの武勇伝を聞きつけたイセリナが【ファミリア】に加わり、たまたま都市の外に用があって女神と一緒に出張したら、何故かシャウとウランダが付いてきた。その後も団員はちょっとずつ増え、【アストレア・ファミリア】は大きくなっていった。

仕方ないから小屋を潰し、新しい館をみんなで建て替えた。

アストレアはセシル専用の工房まで職人に頼んで用意してくれた。

気付けばセシルは、Ｌｖ．２に至っていた。

あんなに【ランクアップ】にこだわっていた筈なのに、ほぼ忘れかけていたことに、セシルは驚いた。

いつも微笑んでくれる女神を、少女は何の打算もなく、慕うようになっていた。

「私はアストレア様が司る『正義』なんて、ちっともわからなかったけど……あの方の側にいたいって、そう思うようになってた」

「……私にも覚えがあります」

「そう？　意外かも。でも、アストレア様ならしょうがないのかな。生真面目そうなエルフも、面倒臭いヒューマンも、優しく包み込んでくれるから……」

セシルは初めて、リューの目を見て笑った。

リューは少しだけ安心できた。

けれど少女の目は、すぐにここではないどこかを見るように、遠ざかった。

「正直、父さん達に認められるとか、半分どうでもよくなってた。自分の居場所を見つけられたような気がしたから。だけど……その居場所にいるためには、私は守らないといけない約束があった」

それが『リューの専用装備《オーダーメイド》』。

アストレアが剣製都市《ゾーリンゲン》に来てまで用意しようとしたもの。

小さく震える右手を持ち上げ、ぐっと、セシルは胸に押し付けた。

「アストレア様を尊敬して、好きになっていく度に……あんたにっ、貴方に嫉妬した！」

「…………」

「自分勝手だってわかってる！　最初は利用しようとしていたくせに！　絆《ほだ》された途端、愛をねだるなんて！」

　少女は爆発した。

　おそらくは女神にも眷族にも吐露《とろ》できず、溜め込んできた思いを、リューに向かって吐き出してくれた。

「作りたくなかった！　でも作るしかなかった！　じゃないと私は正義の眷族なんかじゃなくて、アストレア様のことを騙《だま》し続けてる悪者《わるもの》になる!!」

　セシルとアストレアの関係は『リューの武器の製作』から始まっている。

　それを反故《ほご》にすることは、セシルにはできなかった。

　それを破って、どうしてアストレアの眷族を名乗ることができるのかと、彼女は自問しては自責し続けたのだろう。

　手段と目的が入れ替わってしまった弊害。

　セシルはアストレアに対する負い目と罪悪感も手伝って、ずっと苦悩していたのだ。

　そしてそれは、当事者であるアストレアがどんなに寄り添っても解消できず、むしろ女神に気遣われる度に増してしまうものだった。

「だから、やったわよ！　顔も知らない貴方を思い浮かべて、武器を作ろうとした！」

　叫びは止まらない。

「頭がどうにかなりそうだったけど、何度だって武器の構想を考えた！　図面を引いて、素材だって集めて、これだって思える武器を想像《イメージ》できた！　アストレア様に聞いて、貴方が使ってたっていう木刀を再現だってしてみた！」

堰《せき》を切った言葉の奔流《ほんりゅう》は、止まらない。そこには苦労も葛藤も滲み出ていた。

セシルが隠していた思いを浴びるリューは、同時に腑《ふ》にも落ちていた。

なし崩し的に今も使わせてもらっている木刀は、完璧とは言わずともリューの手に馴染んだ。

セシルが伝聞だけでリューについて色々考え、少しでも彼女の愛刀に近付けようとした結果なのだろう。

「なのにっ……どうしてできないの⁉」

そして、限界を迎えたかのように。

とうとう少女の双眸《そうぼう》に涙が浮かび始める。

「考え続けてるのに、挑み続けてるのにっ、ずっとあがいてるのに‼　何で貴方の武器が完成しないの⁉」

「セシル……」

「どうして父さん達は認めてくれないの⁉　なんでユーフィはあんなことするの⁉　私に足りないものってっ…………なんなのっ……？」

左手も重ね合わせられた胸に、細い指が食い込んでいく。

下を向いた前髪の奥から、透明な滴がぽたぽたと落ちた。

「これじゃあ、アストレア様との約束が守れない……！」

三日前。

剣製都市《ゾーリンゲン》に訪れたばかりの自分自身を見ているようだった。

リューもアストレアの前で、こんな風にぐちゃぐちゃな感情を発露した。

今のセシルは不安や焦りが心と体を縛り、負の連鎖を生み出している状態だ。

自分一人の力でどうにもならなくなった彼女は、だから恥を忍んで父親達へ頭を下げに行ったのだろう。『精霊炉』というかつての精霊の遺産に縋《すが》ろうとした。それを拒まれた後も、中位精霊《ユーフィ》から『滴』を持ち帰って何とかしようとした。

今も、これまでも、ずっとセシルは暗い海をかき分け、あがき続けていたのだ。

同時にそれは、父親達が指摘してきた『鍛冶師として足りない何か』を浮き彫りにさせてしまったのだろう。彼女に冷たく当たってきた原因も、きっとここにあるに違いない。

（この身にわかることがあるとすれば……私への嫉妬、そして劣等感が彼女の目を曇らせている）

他にも焦りを始めとした様々な感情が武器の作成を邪魔し、阻んでいる。

『鍛冶《アビリティ》』を修得したにもかかわらず、武器が完成しなかったのはそこにも一因があるように思えた。そしてそのリューへの複合感情《コンプレックス》を、発端元《リュー》自身が取り除くことは、非常に困難と言える。

「貴方が現れた時、やばい、って思った……。『納期』が来ちゃったって。ずっと逃げ続けて、もう誤魔化すことのできない約束の日が……」

涙を流しながら、セシルは全てをぶちまける。

使い手が嫌なヤツなら良かった。あんなエルフの武器は私には打てない。そう言えるから。あるいは、そんな人物にはいい加減に作った武器を渡してしまえばいい。そう思えたから。

しかしリューは潔癖で、真っ直ぐで、自分の非も受け止めて、過ちを認めることのできるエルフだった。リューを糾弾したセシルが惨めに思うほど、彼女は清廉《せいれん》だった。彼女こそアストレアの眷族と言うに相応《ふさわ》しかった。

逆に糾弾したセシルは、少しでもリューの品位を貶《おとし》めようと思っていなかったと、本当に言えるだろうか？

「私、どんどん惨めになる。嫌だよ、こんなの。自分が嫌い。本当に……最低っ」

脈絡のなくなった思いが、降りしきる涙に形を変えて、こぼれ落ちていく。

「アストレア様が今、どんな目で私を見てるのか、怖い。愛想をつかされていないか、失望されてないか……怖いよぉ……！」

どうしようもなく嗚咽《おえつ》が少女の喉から溢れていった。

何度も手で顔を拭っても滴が止まることはない。

彼女が作ったと聞いた自慢の制服は薄汚れて、傷だらけだった。

今の少女の心象を表すように。

リューは黙然と考えながら、少女を見つめた。

＊

「アストレア様、大丈夫でしょうか……？　セシルも、リュー先輩も……」

安心にはほど遠い声で、イセリナが尋ねた。

『星《ほし》休む宿』の外。

暗い夜空の下、団員達は屋内にいることもできずセシル達の帰りを待っていた。

時は既に夜半に差しかかろうとしている。

リュー達のために取ってあった夕飯など、とっくに冷めてしまった。

アストレアもまた、外にたたずみながら、じっと森の奥を眺める。

「全然帰ってこないし、やっぱりシャウ達も探しにいった方がいいんじゃあ……」

「あの先輩、口下手そうですし……セシルを見つけても、きっと取っ組み合いの喧嘩に……」

「いやいやいやっ、言い過ぎだよウランダぁ！」

「そうじゃなくても、壊滅的に話を聞くのが下手そう……」

シャウは右往左往を繰り返しており、ウランダは割と酷いことを言っている。シャウが直ちに指摘しても、長髪の少女はどこ吹く風だった。

その会話を聞いていた女神は、眷族達の不安を一身に受けながら、笑った。

「大丈夫」

疑いなど持たず、既に得ている答えを口にした。

「今のリューなら、大丈夫」


「『特定の者のために打つ武器は、より特別な威力を発揮する』」

考えをまとめ終えたリューは、口を開いていた。

「っ……？」

「知人から聞いた言葉です。込める想いが深くなる分、その武器は他《た》と異なる輝きを持つと」

リューに話してくれた知人——とある白髪の少年も他者からの受け入りらしいが、確かに、とリューも納得するところがあった。

「セシル。私のために、武器を作ってくれませんか？」

だから、リューはそう申し出ていた。

アストレアからの依頼としてではなく、あらためて、自分の言葉で請う形で。

まだ涙を頬に残しながら驚くのはセシルである。

「どっ、どうして……？　わたしっ、今すっごい情けない話っ、してたじゃない……！」

「その話を聞いて、私は貴方の武器を手にしてみたい。そう思ったのです」

相変わらず淡々と告げてくるリューに、何とか頬を拭うセシルは、混乱しているようだった。

リューはゆっくりと、感じたことを言語化し始める。

「貴方の嫉妬や羨望は、生憎《あいにく》私には理解しきることはできない。もし自分の身に置き換えた場合、それは確かに、貴方が言う通り恥ずべきことかもしれない」

「っっ……」

「けれど、必ずしも不必要なものではない」

「えっ……？」

痛みを堪《こら》えていた少女の顔が、唖然《あぜん》とする。

「思いの種類は違えど、私も迷い続けていた。貴方とは比べものにならない罪を重ね、悩み続け……どこへも進めなくなっていた」

「あ、貴方が……？」

リューの告白に、セシルは信じられないようだった。

彼女の疑念に答える前に、妖精は結論を告げた。

「そして、私は迷い続けたおかげで、自分が納得できる『答え』を出せた」

少女の瞳が見開かれる。

「今、きっと貴方も、自身の『正義』を探す旅の途中なのだと思います」

「……『正義』を探す旅？　こんなに苦しいことが……？」

放心したように動きを止めていたセシルは、おもむろに自分の両手を見下ろした。

その姿を前に、リューは先日アストレアが告げた言葉を思い返した。

――『似ていると思ってしまったから』。

――『アリーゼと、そしてリュー。貴方に』。

確かにそうだ、と感じた。『既視感』の正体も、わかった気がした。

未熟な自分は迷い続け、挙句には立ち止まり、停滞させてしまったが、ついに旅を終えた。

旅を終えたからこそ、アストレアのもとへ訪れることができ、こうして新たな旅人であるセシルと出会った。――それは言わば、『軌跡』の交差だ。

星々という名の軌跡《ローカス》の。

アリーゼももしかしたら、こんな気持ちだったのかもしれない。

自分と初めて出会った時、旅人を目にした思いになったのかもしれない。

「セシル。次は、私の昔話を聞いてくれませんか？」

リューはそう告げていた。

今、こうして交差した互いの軌跡のために。

受け継がれてほしい物語のために。

セシルは、頷いてくれた。

「…………うん」

リューはゆっくりと語り出した。

セシルより面倒で、融通が利かず、潔癖症で、意固地になってばかりだった一人のエルフの物語を。

他種族を見下す故郷を忌《い》み嫌い、飛び出した先でオラリオに向かったこと。

失敗と失望ばかりで、アストレア達に当たり散らすほど子供だったこと。

やかましくも頼もしい仲間とともに『暗黒期』を駆け抜けたこと。

七年前の『大抗争《たたかい》』。

喪《うしな》ったものと得たもの。

五年前の『厄災《たたかい》』。

再び喪い、次は復讐の炎に焼かれたこと。

灰となって燃えつきた後、豊穣の酒場で送った再生の日々。

そして今。

千の闇をこえ、恐ろしい過去を乗り越えて、『未来』を求めている。

昔話を語るその口振りは、一族の古《いにしえ》の吟遊詩人《うたいて》のように上手くはいかない。

けれど一つ一つの言葉に、当時の情景と今の想いを込めた。

一条の星が流れ、闇の彼方に消えた後も、リューは語り続けた。

「……本当に、そんなことがあったの？」

「ええ。全て事実です」

「綺麗で、敵わないって思った貴方も…………そんな風に、ずっと迷ってた時が…………」

涙が消え去ったセシルは、透明な表情でリューを見返し、やがて頭上を見上げた。

満天の星が広がっている。

人の数ほどあると言われている『正義』と同じように。

中には砕け散った星屑も存在するだろう。

だが、巡りゆくのだ。

リュー達がいる限り、その想いは、『正義』は巡り続ける。

「もう一度言います、セシル。迷いなさい。それは何ら恥ずべきことではない」

「……」

「迷い続けること。一つの答えを出しても、問い続けること。……それを、私はかけがえのない友から教わった」

紅《あか》い髪の少女の面影を、目の前の藍色の髪の少女に重ねながら、リューは微笑んでいた。

少女は口を閉ざす。痛苦から来る沈黙ではなく、自分の思いと向き合いながら。

（これでいいのでしょうか。アリーゼ、みんな………アーディ）

説教じみたことをしている自覚がリューにはあった。

そんな大それたことをする資格は自分にはないとも。

しかし、リューはセシル達の先達だ。

未だに慣れない響きだが、『先輩』なのだ。

恥ずかしくはある。感慨深くもあるかもしれない。

末っ子なんて馬鹿にされていた【アストレア・ファミリア】一《いち》の未熟者が、こうして新たな世代を諭すなんて。

だがこれこそが、『巡る』。

リューの思いを肯定してくれるように、背中に温かな星光《なにか》が宿った気がした。

「……旅とか、『正義』とかは、やっぱりまだよくわからない。その答えを見つけられたら、本当にいい鍛冶師になれるのか、ちょっと疑ってる」

「……」

でも、と少女は付け加える。

「不思議なんだ。絶対に作れっこないって思ってたのに……今は、できる気がする」

しっかりと顔を上げる。

「貴方が満足してくれるかはわからないけど……『先輩』のための武器、作れる気がする」

リューが目にしたことのない、優しげな笑みを浮かべながら。

まるで美しい一輪の花《ルドベキア》のように。

リューは、かつての知己へ向けるように、笑い返していた。

「行きましょう」

「……うんっ」

立ち上がり、歩み寄り、手を差し伸べる。

頷いた少女の右手は、振り払われることはなく、妖精の右手と繋がるのだった。


「セシル～～～～～～～～～～～～っ!!　良かったぁぁぁー！」

二人で『星《ほし》休む宿』に帰ると、それはもうやかましい出迎えを受けた。

うわぁーーーーんっ！　と泣き叫ぶシャウに抱き着かれるセシルは「離れろっ！」と言って格闘するが、イセリナやウランダ達も安堵した表情で、彼女のことを囲んだ。

いい仲間《ファミリア》だと、笑みがすっかり戻っているセシルの顔を見てリューは顔を綻ばせた。

「リュー、お疲れ様。ちゃんと『先輩』、できたみたいね」

「からかわないでください、アストレア様……」

そんなことを言ってくるアストレアには目を瞑って羞恥《しゅうち》に耐えていたが、女神はくすくすと笑い声を漏らした。

そこから、藍色の髪の少女のもとに赴く。

「セシル、おかえりなさい」

「……はい、アストレア様」

「やっと私のこと、見てくれたわね」

「っ……ごめんなさい……！」

「いいの。貴方が思い詰めてしまったのは私のせいでもあるから。……やっぱり、シャウみたいにもっとぐいぐい行った方が良かったかしら？」

「違うんですっ、私が勝手にアストレア様を避けてたてっ……！　合わせる顔がないって、勝手に思い込んでてっ……！」

冗談を言う女神に、不甲斐《ふがい》なさからかセシルは瞳を潤ませてしまった。

武器を作れず、ずっと負い目があると言っていた彼女はアストレアのことも怖がっていた。

女神が差し伸べる手も、言葉も届かなかったからこそ、アストレアはリューに託すことにしたのだろう。そしてそれは正解だった。全知の超越存在《デウスデア》では届かない同じ目線の想いと言葉が、リュー達《たち》眷族には存在する。

泣き出そうとするセシルを、アストレアはそっと抱擁した。

セシルは驚き、間もなく自分も細い腰にそっと腕を回した。

深い谷間に顔が包まれたその姿に、ウランダやイセリナ達はぎょっとしていたが。

やはり新生【アストレア・ファミリア】には紅破天荒《アリーゼ》のように女神へ不敬な真似をする者はいないらしい。

「それじゃあ、みんな館に戻りましょう。セシルはしっかり休んでね？　……リュー、悪いけれどこの後、私の部屋に来て」

抱擁を解いたアストレアの指示で、この場はお開きとなった。

リューはあらかじめ呼び出されるとわかっていたので、アストレアとともに館の中に戻った。

館へ消える一人と一柱の姿を、その場に残ったセシル達が見送ると、約一名の少女が呪詛《じゅそ》に満ちる。

「ウウウっ、やはりあの妖精だけ特別扱いっ……。セシル、どうしてあの女を後ろから刺さなかったの……？」

「も～これはそういう話じゃないでしょう――って物騒なこと言わないでよ、ウランダ～⁉」

シャウが身震いしながら騒ぐ中、館を見つめ続けているセシルは呟いた。

「あの人……この後、行くよね？」

「ああ、多分ね」

どこへ、という言葉が抜けてなおイセリナが意思疎通し、答える。

セシルは右手を見下ろし、決意するように握りしめるのだった。

⊡

「リュー。これを」

浴室で身を清め、準備を整えてから神室《しんしつ》へ向かった直後。

アストレアは一通の手紙を差し出した。

「オラリオの便りよ。ヘルメスから」

「……！」

「『派閥大戦』の詳細が固まる。そう書いてあるわ」

『翼と旅行帽』の封蠟《ふうろう》──【ヘルメス・ファミリア】のエンブレムが刻まれた手紙を急いで開け、中身を確かめる。

一通の羊皮紙には確かに、現状で固まりつつある『戦争遊戯《ウォーゲーム》』の内容と開催の予定日が簡潔に綴られていた。

戦闘形式《カテゴリー》は『神探し《ハイド・アンド・シーク》』。

予想される開催日は──。

「三日後……！」

「ヘルメス達がヘスティア側に有利になるよう神会《デナトゥス》で働きかけているようだけど、もう限界みたい。これ以上の条件はもう引き出せないそうよ」

「……オラリオまでの距離を考えると……」

「ええ。遅くとも二日後の朝には出発しなければ、間に合わない」

手紙には『もう神会《デナトゥス》を引っかき回せない』という共通語《コイネー》が走り書きされていた。

『時間はできる限り稼いだ。叶うなら決戦に間に合ってほしい』とも。

暗躍、と言うほどではないが、ヘルメスはリューとアストレアの戦争遊戯《ウォーゲーム》参戦を画策している。でなければ【フレイヤ・ファミリア】には万が一にも勝てないと、神はそう確信している。

だからリューが剣製都市《ゾーリンゲン》に向かう際、眷族《アスフィ》に協力させて煩雑な都市外出手続きを無条件通過《パス》させた。ヘルメスはリューがアストレアのもとで【ステイタス】を更新し、強大な『援軍』となって戻ってくることに一縷《いちる》の望みを託しているのだ。

（アンドロメダもそれを望んでいる……）

オラリオ出発前、アスフィから手渡され、肌身離さず持っていた魔道具《マジックアイテム》を取り出す。

羽根を模した作りで、羽柄《うへい》付近には青の宝玉──双子水晶を素材にしたものが取り付けられてある。この宝玉を砕けば、共鳴の魔力は遠く離れた対の魔道具《マジックアイテム》、つまり作成者本人《アスフィ》に『合図』を報せてくれるらしい。

『リオン、戦争遊戯《ウォーゲーム》の詳しい勝負形式《ルール》や日程が見え次第、必ず一報を入れます。そして剣製都市《ゾーリンゲン》を発った後、もし到着が間に合わないと判断した場合は、その魔道具《マジックアイテム》を砕いてください。迷宮都市《オラリオ》に近付いてさえいれば、私の飛翔靴《タラリア》で何が何でも送迎します』

事前の打ち合わせでアスフィはそう言っていた。

今日の夕刻前に届いたというこの手紙も、迷宮都市《オラリオ》の外に待機していた【ヘルメス・ファミリア】の足自慢からのものらしい。主神の指示とは言え、ヘルメスとその眷族達は完全にリューとアストレア参戦の後方支援《バックアップ》に回ってくれている。

オラリオとゾーリンゲンの距離がかけ離れている以上、情報の時間差《タイムラグ》は発生するが、それを見極めて正確な日程を予想して連絡しているヘルメスもさすが神と言うべきか。というか返事など待たず『他の神々にバレないよう注意して、念のためアストレアデメテルニョルズの名前も戦争遊戯《ウォーゲーム》の参加派閥一覧《リスト》に加えとくからヨロシク☆』などと、手紙の片隅に小さく書き記されている。要は『絶対に来てね☆』ということだ。

粋な計らい、というか、もはや執念じみた星願《せいがん》にリューは頭を痛めそうになった。

どうやらトリックスター気取りの男神は、ベル達のため『陰の支援者』になろうとしているらしい。

「本当は貴方にもセシルにも、もっと時間を与えたかったんだけど……猶予はないみたい」

リューを剣製都市《ゾーリンゲン》に引き止め、セシルにもできる限り時間を与えてきたアストレアはそう言って、決然と顔を上げる。

次に女神がいかなるお告げをするのか、この時、リューは未来予知のごとく知っていた。

「リュー。最後の【ステイタス】更新をするわ」


針が皮を貫き、指の腹に紅き粒を生む。

それは長い旅を終えた旅人へ、新たな『翼』を送る厳粛な儀式だ。

女神は神血《イコル》を、服を脱いだリューの背中へと落とした。

光の波紋が起き、妖精の肌が水面のごとく打ち震える。

「アストレア様。私の五年分の【ステイタス】更新は、一度で終わっていなかったのですね？」

更新作業が進められる中、リューは確信とともに尋ねていた。

指を背中に躍らせ、新たな【神聖文字《ヒエログリフ》】を記していくアストレアは「ええ」と頷いた。

「私は貴方の中に埋まる【経験値《エクセリア》】を全て解放しなかった。上位の【経験値《エクセリア》】も、下位のものも含めて」

「何故、とお聞きしても？」

「二度の【ランクアップ】が発生してしまうから」

はっきりと、神は言った。

尋ねたリュー自身、息を呑んでしまう事実を。

「貴方が五年間のうちに蓄積した【経験値《エクセリア》】は膨大なものだった。全て計算した上で解放してしまえば……Lv.4からLv.6に至らせることができるほどの」

五年前の『闇派閥《イヴィルス》主戦力の殲滅』から始まり、『漆黒のゴライアス』や『異端児《ゼノス》を巡る事件』、そして『過去の超克《ジャガーノート》』など、リューはこれだけの騒乱や死闘を乗り越えてきた。いっそそれらは男神達でさえ認める『偉業』の階段であり、女神達でさえ哀れんでは愛おしむほどの『試練』の雪崩《なだれ》だった。

アストレアと別れた時点で【ステイタス】がLv.4の最上位であったことも踏まえ、リューの心身は、停滞していた五年という歳月を取り戻すほどの『資格』を有していたのだ。

「そして五年間もLv.4……同じ【ステイタス】のままずっと戦っていたリューが、一度の更新でLv.6に至ってしまったらどうなっていたか。——おそらく、貴方はこの数日が比ではないほど肉体と精神の『ズレ』に苦しんだ筈。一週間……いえ、もしかしたら一ヵ月以上」

「……！」

「急激な『器』の拡大を御《ぎょ》しきれず、手足の一本くらい壊していたかもしれない。だから、段、階、を踏んだの。まずはLv.5の感覚に慣れてもらって、能力値《アビリティ》を徐々に加算していった」

つまり、アストレアは眷族の肉体にかかる負荷を計算し、調整した上で、『課題』を限定してくれたのだ。

それがリューをオラリオへすぐに送り出さず、剣製都市《ゾーリンゲン》にとどまらせた本命の理由。

(二度の【ランクアップ】……!? 私が!?)

アストレアの神意をようやく聞き出したリューは、内心で冷や汗を流す思いだった。

この四日間、ただの素振りやイセリナ達との『調整』で能力値《アビリティ》がここまで上がるなどありえない。言い方は悪いが、アストレアが『出し惜しみ』していたとリューは昨日の段階で確信していた。

――【ランクアップ】にとどまらない能力値《アビリティ》の成長が発生しているのだろう。

リュー自身、ここまでは読めたのだ。

Lv．5到達に加え、急激な能力値《アビリティ》上昇を危惧して、アストレアは段階的な『調整』を自分に望んだのだろう。今の今までそう考えていた。

故に、もう一度【ランクアップ】可能などとは夢にも思っておらず、衝撃を受けている真っ最中だった。下界広しと言えど『連続昇華《ランクアップ》』など聞いたことがない。

リューもよく知る世界最速兎《レコードホルダー》さえ成し遂げていない大事件だ。

「し、しかし、【経験値《エクセリア》】の段階的な解放など、そんなことができたのですか……⁉

潜在値《エクストラポイント》も含めて、私は一度の【ステイタス】更新で無条件に還元されるものかと……！」

簡単には動揺を鎮めることのできないリューが思わず問うと、彼女のすぐ後ろでアストレアは苦笑の気配を漏らした。

「私はこういう、いわゆる戦略的眷族運用《ストラテジー・ゲーム》が苦手なんだけど……他の神々は意外にやっているものよ？」

【経験値《エクセリア》】の抽出と解放は、あくまで任意だ。

たとえ話をしよう。

更新作業の際、眷族に厄介な項目――それこそ『自爆系のスキル』が発現する臭いを、とある女神が嗅《か》ぎ取ったとする。

その場合、『未知』に対する好奇心にさえ打ち勝てれば、彼女は『スキル』発現のための【経験値《エクセリア》】を利用せず、眠らせておくことで『自爆系スキル』を回避することができる。

アストレアが行ったのは、それとほぼ同じだ。

能力値《アビリティ》や昇華《ランクアップ》に関わる【経験値《エクセリア》】を全て解放せず、一時的に保存しておいたのである。

「この技巧判断《テクニック》はロキや、あとはヘルメスあたりが得意だと思うわ。神々は費用対効果《コストパフォーマンス》を最大化するために、眷族の【ステイタス】をいじっているものなの」

満足のいくまで『基本アビリティ』を極めるため、あえて【ランクアップ】が可能にもかかわらず遅らせる神がいるのは周知の事実。【ロキ・ファミリア】ほどの大派閥ならば常套《じょうとう》手段とも聞く。

それは神々の一つの技巧判断《テクニック》とされており、時には『【ステイタス】の裏技《ぬけみち》』とも呼ばれることがある。

手塩をかけて育てた眷族《こども》をより強くしてやりたい、と思うのは神々をしても一般的な思考であり、【ファミリア】を運営するならば重要な事柄だ（どこかの幼女神は逆に『深層』から帰ってきた世界最速兎《レコードホルダー》が更なる注目を浴びるのを嫌って見送ったが）。能力値《アビリティ》上昇も、【ランクアップ】も主神の任意。アストレアはその【ステイタス】の裏技《ぬけみち》に全てを賭けたのである。Ｌｖ．４及びＬｖ．５の最終更新値はどの数値《ライン》が最適解か見極め、【経験値《エクセリア》】を振り分けて、Ｌｖ．６時の『最大成長』を見込むために。

「リューの場合、一度の更新で二度の【ランクアップ】が可能なほど【経験値《エクセリア》】を溜め込んだという事実が重要で、前代未聞なの」

「……！」

「他の神は当然経験してないだろうし、私も正直、手探りだったのだけれど……」

今回の事例《ケース》をより詳細に語るなら、アストレアは道化の神《ロキ》のように、二度目の【ランクアップ】を見送ることはできる。

階位《レベル》を上げるために必要な上位の【経験値《エクセリア》】は既に獲得しているのだから、リューの能力値《アビリティ》が満足に上昇するまで――それこそ『魔力』を始めとしたアビリティ評価がＳに到達するのを待って――【ランクアップ】すればいい。

他の神々であれば必ずそうする。そちらの方が費用対効果《コストパフォーマンス》は最大となり、最終的に眷族はより強くなるのだから。

しかしリューとアストレアの場合、『今』という状況がそれを許さない。

「Lv.5の能力値《アビリティ》を限界まで上げて、Lv.6に【ランクアップ】する。いい、リュー?」

「……! はいっ!」

待ち受けるは『派閥大戦』。

最強の敵【フレイヤ・ファミリア】は出し惜しみなど決して許さない。

リューの今できる『成長』を成し遂げ、恐ろしき強靭な勇士達《エインヘリヤル》に挑む必要がある。

「これが最終更新値」

一度作業を中断したアストレアから、用紙を差し出される。

リュー・リオン
Lv.5
力:G288 耐久:G201 器用:E494 敏捷:D507 魔力:E457
狩人:G 耐異常:G 魔防:I 魔導:I

【ランクアップ】達成の最低条件は、『基本アビリティ』D評価。

本来のリューならば『魔力』を始めとした項目がSにも届くだろう。

しかし、『もったいない』なんてくだらない言葉、打ち捨てる。

リューには何に代えても守らなければ、救わなければならない者達がいる。

「これで、本当にいい？」

女神の最終確認。

それにリューは迷いなく、頷いた。

「──お願いします」

始まる。

【神聖文字《ヒエログリフ》】の流動が。

収束と結実が。

Lv.5の時にも味わった、心の奥、魂のもとまでノックされる感覚。

あの時よりも強い、燃え滾《たぎ》るような熱の感覚が一気に広がり、びくりと、瞼を閉じていたリューは背筋を震わせた。

「──この『魔法』も、貴方に巡らせる」

最後にそう告げて、アストレアは【ステイタス】更新作業を終わらせた。

リュー・リオン
Lv.6
力：I0　耐久：I0　器用：I0　敏捷：I0　魔力：I0
狩人：G　耐異常：G　魔防：I　魔導：I　連攻：I

《魔法》
【ルミノス・ウィンド】
・広域攻撃魔法。
・風・光属性。
【ノア・ヒール】
・回復魔法。
・地形効果。森林地帯における効力補正。
【アストレア・レコード】
・正義継承。

《スキル》
【妖精星唱《フェアリー・セレナード》】
・魔法効果増幅。
・夜間、強化補正増幅。
【精神装塡《マインド・ロード》】
・攻撃時、精神力《マインド》を消費することで『力』を上昇させる。

・精神力《マインド》消費量含め、任意発動《アクティブトリガー》。
【疾風奮迅《エアロ・マナ》】
・疾走時、速度が上昇すればするほど攻撃力に補正。
【正義継巡《アストラエ・ヴァルマス》】
・器力共鳴《ファルナ・エフェクト》。
・発現者の一定範囲内に存在する同神血《イコル》の眷族への所持スキル効果増幅。
・発現者の一定範囲内に存在する同神血《イコル》の眷族への『魔力』及び精神力《マインド》加算。
・発現者の一定範囲内に存在する全眷族への精神汚染に対する中抵抗《レジスト》付与。
・常時発動《パッシブ・オン》。
・増幅値及び加算値及び付与率及び効果範囲は階位《レベル》反映。

「……‼」

『Lv.6』という数字はあらかじめ聞いていた。だから、そこに驚きはない。

空色の瞳が見張られた原因は、『魔法』スロットの項目。

発現した三つ目の『魔法名』とその効果。

【星々の記憶《アストレア・レコード》】。

『正義継承』と翻訳されている共通語《コイネー》に、リューは用紙を持ったまま、涙を流しそうになった。

詳しい効果はわからない。

だが、わかることがある。

アリーゼ達の『正義』は消えず、受け継がれ、今もこの身に宿っているのだと。

(アストレア様が何故……この『魔法』をすぐに発現させてくれなかったのか、やっと理解できた……)

待ち受ける強大な敵を前に焦り、前だけを見て進むことしかできなくなっていたリューは、きっと頭上を見上げることができなかったから。

今もリューを見守ってくれている星々の輝きに、気付けなかったから。

「……ありがとうございます、アストレア様」

顔を伏せたリューは、かき消えそうな声で、それだけは言えた。

笑みを浮かべるアストレアは、まだ生まれたままの姿の妖精に、そっと上着をかける。

「明日は『最後の仕上げ』。ユーフィには私が話を通しておく。……できそう、リュー？」

答える前に、リューは間を置いて、アストレアに尋ねていた。

「……アストレア様、私の髪をもとの色に戻すことはできますか？」

「えっ？」

「もう自分を偽らず、シル達との戦いに臨みたい。……アリーゼ達と一緒に戦っていた、あの頃の私のように」

その申し出に、アストレアは動きを止めた。

今のリューの薄緑色の髪は素性を隠すため、娘《シル》の手で染められたもの。

リューの本来の髪は、妖精《エルフ》の名に違わぬ美しい金髪。

かつての自分を取り戻したように、涙ながら晴れ晴れと笑う眷族の姿に、女神は微笑むのだった。

「ええ、勿論」

◆

夜が明け、今日も東から朝が始まった。

鳥の囀りはまだ聞こえない。静寂を帯びる森は、嵐の前の静けさとは思えなかった。

うっすら空が白んでいるのを窓から眺めながら、リューは森に出発しようとしていた。昨夜アストレアが戻してくれた金の髪を揺らしながら。

女神がわざわざ準備してくれた食事を畏れ多くも頂き、栄養補給を済ませ、『星休む宿《ほし》』の廊下を歩んでいた、その時。

「うわっ、髪の色が変わってる⁉　なんでっ⁉」

朝からやかましい、そんな後輩の声が届いた。

「ねぇ、ちょっと！　あのっ、そのぉ～…………『先輩』！」

散々ためらった後、羞恥を孕んだ声音で、そう呼びかけられる。

立ち止まり振り返ると、布を片腕に抱えたセシルが、急いで駆け寄ってくるところだった。

「……貴方に『先輩』と呼ばれるのは、まだ慣れませんね」

「いちいち拾わなくていいからっ！　それよりも、これっ！」

リューが目を細めると、セシルは赤面しながら抱えていたものを押し付けてきた。

不思議そうに受け取り、それを広げてみると、

「戦闘衣《バトル・クロス》……？」

「今日、ユーフィのところに行くんでしょ？　オラリオでもすごい戦いをするって聞いたから……その、『防護服』的な？　『精霊の護布《ごふ》』で作ってあるから、普通の戦闘衣《バトル・クロス》より性能はいい筈よ」

リューは双眸に一驚を宿した。

手触りだけでも優れた戦闘衣《バトル・クロス》だと理解できる。

そんなリューの反応に機嫌を良くしたのか、セシルはふふんっと誇らしげとなった。

「昨日のお礼！　武器の方はまだできてないけど、先に渡しておこうって思って」

「一晩のうちにこれを……？」

「そうよ！　やるもんでしょう！」

「貴方は寝不足で疲弊していた筈だ。昨夜はちゃんと睡眠を取ったのですか？」

「れ、Ｌｖ．２なら徹夜くらい余裕だから……」

最初は胸を張っていたセシルだったが、リューが厳しい寮長《センパイ》よろしく半眼を向けると、すかさず視線を逸《そ》らして言葉を濁し始めた。

リューがいよいよ叱ろうとすると「か、仮眠はとったから！」と慌てふためく。

「ユーフィから『滴』をぶんどるために作っておいた精霊衣《せいれいい》の試作品を流用しただけ！　もとからあったものを改造しただけだから、時間もかかってないの！　ほ、本当だから！」

白状したセシルに、リューはひとまず追及を中断することにした。

衣の作りからしても嘘は言ってないだろう。それに、無茶の常習犯と言うならリューもきっと人のことは言えない。

だから、すっかり心の距離が縮まった後輩に向かって、微笑むことにした。

「ありがとうございます、セシル。着させてもらいます」

「あっ……う、うんっ！」

気まずそうにしていたセシルの顔に、見る見るうちに笑みが広がる。

リューは借りている客室に戻り、戦闘衣《バトル・クロス》を着用した。

装備一式には髪留めも含まれていた。ありがたく使わせてもらう。長く伸びた髪を後頭部の位置で結い上げる。

大きさはぴったり。姿見は見ずともわかった。

感心しながら部屋を出ようとする間際、ふと思い出し、自分の荷物から『ある木片』を取り出しておく。

「おお〜！　さっすが私！　とっても似合ってる！　感触はどう？」

「素晴らしいです。動作の邪魔が一切発生しない」

廊下に戻ってきたリューの新衣装姿を見て、セシルは手を叩いた。

素直な称賛を口にしていたリューは、ふと気になったことを口にする。

「しかし、どうやって大きさを調整したのですか？　採寸などしていないのに……」

「えっ？　服の上から見れば身長体格胸《むね》からお尻の大きさまでわかるでしょ？」

「……!?」

ダンジョンで喋る異端児《モンスター》に遭遇したかのように、ぎょっとするリュー。

何やら少女の普通ではない片鱗を垣間《かいま》見《み》てしまった気がするが、時間もないので「こほんっ」と咳払《せきばら》いをしておいた。

「セシル、私からはこれを」

「……？　これって、木の欠片？　ううん、もしかして『大聖樹』の……？」

「私が以前、使用していた武器の破片です」

「！」

はっとセシルが顔を上げる。

それは説明した通り、リューの主武装《アルヴス・ルミナ》の破片だった。

『下層』で遭遇した因縁の相手『ジャガーノート』によって破壊された欠片を、迷宮の宿場街《リヴィラ》の大頭であるボールスが回収し、オラリオを出発する間際に渡してくれたのだ。

「壊れてしまった武器は、私の知己《ちき》から贈られたものだった。もし可能なら、新たな武器の素材にしてください」

「い、いいのっ？　これ、もともと『大聖樹の枝』だったんじゃないの？」

「構いません。彼女にもう、会うことはできない。だからせめて、新たな武器として生まれ変わってくれるなら……彼女との絆をまた感じられる」

瞠目《どうもく》していたセシルは視線を下げ、今も差し出されている木片を見つめた。

ややあって、星屑の宝を扱うように、丁重に受け取る。

「……私、先輩がユーフィのところへ行ってる間に、武器を完成させようと思ってた。だけど……」

「セシル？」

「──ねぇ、私も付いていっていい⁉」

顔を上げて身を乗り出す少女に、今度はリューが驚く番だった。

セシルは想いを連ねる。

「私、半端な武器を作りたくない！　貴方が受け継いで、秘めてる正義《もの》に相応しい『剣』を作りたい！」

「……！」

「だから『精霊炉』も使いたい！　ユーフィのあんにゃろうから『滴』を奪って、頭でっかちの父さん達にも炉を譲らせる！　武器の構想は今できた！　この『木片』と『精霊の滴』をかけ合わせれば、残ってる最後の素材を使って、貴方だけの専用装備《オーダーメイド》がきっとできる！」

燃え上がる『鍛冶師』の瞳をもって、セシルは言った。

「私が認められたいからじゃない！　貴方のために、武器を打ちたい！」

館全体が揺れたような気がした。

彼女の意志に打ち震えるように。

「絶対に、間に合わせてみせる。だから……お願い」

最後は静かに想いを込め、セシルは懇願した。

再び蘇る『既視感』。

この破天荒振りと、決断する時の潔さ。

アリーゼ・ローヴェルの面影。

「………」

リューは、『この顔』に弱いのだ。

だから観念した笑みを浮かべていた。

リューの繊細さと、アリーゼの強さを兼ね備えた、女神曰《いわ》く『自分達に似ている後輩』の肩を一度だけ叩き、歩み出す。

「行きましょう」

「――!!　ありがとう！」

付いてくる後輩とともに、リューは『精霊の棲家』へと発つのだった。


そこは朝も昼も関係ない。

頭上を覆う濃い葉々の天井と、精霊達の魔力によって常に薄暗く、常闇の森を形作っている。

宵《よい》を彷彿《ほうふつ》とさせる幻想の領域の中で、神は愛する我が子に語りかけていた。

「ユーフィ。リュー達と遊んであげて。みんなと一緒に、思いっきり」

『いいの、いいのっ？　かみさま、いいの⁉』

「ええ、いいわ。ずっと遊んでちょうだい」

無邪気な声音に残虐性を感じてしまうのは、セシルがあの幼子の形をした『超常』の恐ろしさを知っているからか。

思わず震えてしまう少女の左手に、隣にいる妖精が触れた。

手で包み込むように、小指を握って。

それだけで、不思議と少女の恐怖心は消えていった。

「あの子達は、絶対に壊れないから」

精霊と会話していたアストレアが、笑みと一緒にこちらを向く。

二人揃って『精霊の棲家《ユーフィ》』に足を踏み入れたリューとセシルは、力強く頷いた。

『キャハハハハハ！　あそぼっ、あそぼう！』

空中を浮遊する中位精霊が、歓喜の声を森中に響かせる。

それに呼応するように数々の光の玉が──赤が、青が、黄金《こがね》が、白と黒が、周囲に浮かび魔力を放ち始める。

下位精霊達のさざめき。

輝きの斉唱にわくわくとしながら、光の幼子は『暴風』を生んだ。

『おもいっきり、さいごまで!!』

小さき体を包み込む風の嘶《いなな》きが、始まりの合図。

咄嗟に顔を腕で覆ったリュー達の視線の先で、荒ぶる気流の壁をブチ破り、その『四足獣』は姿を現した。

『オオオオオオオオォォォォォォォ────────ッッ!!』

深緑の鬣《たてがみ》を有する牝馬。

荒々しい風を纏う『精霊馬《せいれいば》』、それこそがユーフィと呼ばれる中位精霊の本領《おもいっきり》であった。

「あ、あんなの見たことない……！　あれがユーフィの本当の姿なの……⁉」

『武器』の姿をとったという精霊の逸話は童話などでセシルも知るところだが、獣の姿を象《かたど》るというのは見たことも聞いたこともない。

胸に抱えるほどしかなかった小さな幼児の体は、今やセシルやリューの身の丈を優に越している。威圧感は増し、魔力を孕む風に体が攫われそうだ。

見えない透明な床を歩くように空中を闊歩《かっぽ》している風の中位精霊に、セシルが思わず息を呑んでいると、

「セシル。私の後ろへ」

リューが前に出た。

「必ず守ります」

セシルが作った衣と、木の模擬刀を持って、こちらを睥睨《へいげい》する『精霊馬《せいれいば》』と対峙《たいじ》する。

自分の作品に身を包んだ妖精の姿に、少女は場違いにも、怯えとは異なる意味で、心を震わせてしまった。

「行きます」

『オオオオオオオ！』

仕掛けたのはリュー。

迎え撃つ断きに向かって、か、か、か、かき消える。

「えっ？」

『!!』

何が起こったのかわからなかったのはセシル、瞠目したのは中位精霊《ユーフィ》。

当然の帰結のように表情を変えなかったのはアストレア。

神以外の知覚を振り切るほどの超加速を経て、『精霊馬《せいれいば》』の眼前に肉薄したのだ。

「ふっ────!!」

激上した【ステイタス】の顕現。

『Lv.6』という数字の純然たる威力。

回避の余地など残されていない神速の斬光が、時を停止させる精霊へと叩き込まれ
「──むっっ⁉」

ず、ブッ飛んだ。

裂帛《れっぱく》の声と戸惑いの悲鳴を同時に上げる器用な真似をしながら、精霊ととうにすれ違った時機《タイミング》で、盛大に空振ったのである。

「は？」

『オ？』

間抜けな声を重ねるのはセシルと中位精霊《ユーフィ》、苦笑を浮かべるのはアストレア。

【ランクアップ】直後の心身の『ズレ』。爆発的な成長を遂げた『器』に感覚が付いていけてないことをありありと露呈《ろてい》したリューは、セシルも呆れるほどの速度で星となってしまった。

が、直後に『旋風』が来た。

空を切ったリューの斬撃が風と衝撃を生み、側にいたユーフィを脅《おびや》かしたのである。

『〜〜〜〜〜〜〜〜ッッ⁉』

空振りの余波に殴られ、翡翠《ひすい》の光を纏う馬体がたたらを踏むように体勢を崩した。

斜め頭上に撃ち上がった高速弾道のごとく巨大樹の樹上に突っ込んだリューはくるりと回転し、ゴゥン！　と樹を鳴かすと同時、靴裏《ブーツ》を幹に接着させ、再度翔《と》んだ。

迫りくる疾風の猛弾を、精霊は今度こそ緊急回避する。

次は草花に覆われた地面が爆ぜる番だった。

「わわわっ⁉　す、すごっ……⁉」

地面を揺るがす衝撃に危うく倒れかけたセシルは、視線を戦場に戻し、息を呑む。

既に互いの位置を入れ替えた妖精と精霊が舞っていた。

斬りかかるリューにユーフィは風を呼び込むことで応戦し、大振りがちとなる斬撃を凌《しの》いだ。

魔力を宿した風が吹き荒れては木刀の命中や軌道をずらしたのである。しかし『力』と『スキル』効果に振り回されるＬｖ．６の一撃一撃は規格外で、掠める程度だというのに精霊を幾度となく弾き飛ばした。

球形の形で張り巡らされた半透明の膜、薄緑色がかかった精霊の『障壁』が、木刀が擦過する度に火花《スパーク》を生んで悲鳴を上げている。

『クゥウウウウウウ⁉』

「逃げるな！」

宙に浮かぶ四足獣に、妖精が跳躍という名の飛翔をもって飛びかかる。

上下左右関係なしの三次元の連続襲撃に『精霊馬』はたまらず空中を駆けて距離を取ろうとした。リューは自身が生み出す速度に度々ふらつきながら猛追し、そして失敗する。しかし破壊を生み出し轟音《ごうおん》を奏でる。

これではどちらが『暴れ馬』かわからない。

「ユーフィに最後の『調整』を頼んで正解だった……。イセリナ達では流石に受け止めきれなかったから」

無数の葉と大樹の群れに囲まれた戦場、森の大空間の中で隅に移動したアストレアは、決して腰を下ろさずたたずみ続けながらリュー達の戦いを見守った。

純粋な能力は圧倒的にリューの方が上。だが壊滅的なまでに加速の制御ができていない。彼我の距離感も数えきれないほど測りかねている。ユーフィが『風』の精霊ということもあって、ただでさえ摑みにくい間合いを狂わされている状況だ。

妖精と精霊は『一方的な拮抗《きっこう》』を作り出していた。

妖精の方がひたすら攻め続け、反撃態勢を敷かせていないというのに、精霊は淀《よど》みない回避行動と突風によって闘牛士よろしく往《い》なし続けている。どちらの方が余裕がないかは、語るまでもない。

リューが暴れ回る、いや【ステイタス】に振り回されることで確かに守られてしまっているセシルは、その凄まじい光景に言葉を忘れてしまった。

『————オォォォォォォンッ!!』

状況が動いたのは、苛立ったユーフィが『号令』を打ち上げた時だった。

一人と一体に置いていかれ、周囲でおろおろ輝いていた下位精霊達に指示を放ったのだ。

中位精霊《ユーフィ》より更に自我が薄い下位精霊達は、あたかも神経を走る電気信号《インパルス》のごとく発光して、従った。

一糸乱れず弧を描き、天空から降りそそぐ光の矢群のごとくリューへと殺到する。

「!!」

地に着地したリュー目がけて迫りくる精霊達の突撃。

加速して回避すれば半秒前までいた地面に次々と着弾しては光片の飛沫《しぶき》を上げ、妖精の回避軌道を追っていく。一斉砲火もかくやといった光の嵐をリューはぎりぎりのところでかいくぐり続けた。

「先輩⁉」

セシルの叫びも光の渦と着弾の連鎖によってかき消される。

突撃に加わらなかった下位精霊達はリューの頭上を飛び交い、炎弾や雷鞭《らいべん》、氷雨を仮借なく降らせた。目を塞ぎたくなるような弾幕の中、【ステイタス】に未適応のまま未だ傷一つ負っていないリューの状態は奇跡的で、刻一刻と感覚の誤差を修正していく彼女の戦闘資質《センス》の高さを物語っていた。

しかし無茶苦茶だ。

それにしたって滅茶苦茶だ。

下位精霊達の輝きも相まって森の大空間は星屑流れゆく天体のようで、その中に閉じ込められた小さな妖精など一体どうなってしまうだろうか。飛び交う彗星《すいせい》に押し潰されるか、光を放つ恒星に焼きつくされるか。

まるで森そのものが、いや世界そのものが襲いかかる光景を『天体』と捉えたセシルは青ざめていたが、リュー自身はまた異なる印象を抱いていた。

意志を宿す世界から叩きつけられる理不尽。これとよく似た感覚を彼女は知っている。

「まるでダンジョン……！　冒険者を苦しめる彼《か》の地下世界に匹敵するか！」

深さも広さも比べるべくもない。しかしこの大空間のみに限定してしまえば、確かに現在の『精霊の森』の脅威は地下迷宮《ダンジョン》に迫っていた。

迷宮都市《オラリオ》で『調整』するのと遜色ない望外の過負荷。それに対してリューは、セシルが目を疑ってしまうほど喜んでいた。

極めて小さな幻想世界が過酷を形成し、ダンジョンのごとく牙を剝《む》く。

『オオオオオオオオオッッ!!』

「!?」

妖精は、精霊達の棲家がダンジョンであると捉えた。

ならば強大な階層主に代わる存在は『彼女』だろう。

下位精霊の援護で自由を取り戻した中位精霊《ユーフィ》は嘶きを上げ、頭上よりリューへ飛来した。

額に真空の角《ホーン》を宿し、散々手を焼かせた妖精に逆襲する。

下位精霊達の攻撃を回避して後がないリューは初めて防御に回った。

叩きつけられる木刀と角《ホーン》。

交わされた攻防の直後、音を立てて砕けたのは、木刀の方だった。

「っっっ!?」

動揺の声を上げたのはリューではなく、セシル。

少女の視線の先で、彼女が作った模擬刀が握り手《グリップ》を残して、文字通り木っ端微塵《こっぱみじん》となる。

リューの能力《ステイタス》に、武器の方が耐えられなかったのだ。

幾度となく中位精霊《ユーフィ》の『障壁』を斬りつけていた反動は、刀身に亀裂を生むほどに蓄積されていた。防御に回った途端、無力を嘆くように砕け散るのは道理である。

（私の武器が、先輩の足を引っ張る――）

今も見ているだけで何もできず、立ちつくすセシルは静かに絶望した。

（鍛冶師《わたし》が、使い手《あのひと》を窮地に追い込んじゃう――!!）

生み出す者として根源的な恐怖の淵《ふち》に追い込まれた少女であったが、

「大丈夫です、セシル」

中位精霊《ユーフィ》の追撃から飛び退いたリューが、彼女の心の叫びを聞きつけたように、目の前に着地した。

驚くセシルの眼差しを背中で受け止めながら、リューは使いものにならなくなった筈の木刀の残骸を放さない。

柄のみとなった武器を携えながら、顔を上げ、戦場の奥にいる女神を見据える。

「使います、アストレア様」

「ええ」

主神と眷族、笑みを交わし合う。

次の瞬間、精霊達は容赦なく六属性の魔力弾を見舞った。

下位精霊達の炎が、水が、雷が、光が、闇が、中位精霊《ユーフィ》の風が、戦場入り口付近に立つリューとセシルのもと目がけて殺到する。

視界を覆いつくす破壊の輝きにセシルの顔が焼かれる中、リューは、砕けた木刀の柄を構え、目を閉じた。

そして告げる。


「【アストレア・レコード】」


手に入れた『正義』の答えを。

「【使命は果たされ、天秤《てんびん》は正される】」

魔法名の宣言から始まった詠唱は、夥《おびただ》しい『光の文字群』を呼んだ。

リューの背に刻まれた恩恵《ステイタス》と同じ『星の剣と翼』を象る【神聖文字《ヒエログリフ》】そのものは、半径五M《メドル》の光の領域となり、精霊達の一斉射を弾き飛ばした。

「えっ⁉」

『⁉』

光の領域内にいたセシルともども、攻撃を放ったユーフィが驚倒する。

虚空に浮かぶ無数の神聖文字《ヒエログリフ》が星屑のごとくリュー達を覆い、強力な『障壁』となったのだ。

「【秩序の砦《とりで》、清廉の王冠、破邪の灯火】」

瞑目《めいもく》したまま詠唱に集中しながら、リューは今朝の出来事を振り返る。

『精霊達の棲家』へ発つ前、新たな『魔法』の行使はアストレアとともに一度試してある。

彼女から詠唱を聞き、神の見解と照らし合わせ、リューはこの『魔法』がいかなるものか、既に確信を得ている。

「【女神の名のもとに、天空を駆けるが如く、この大地に星の足跡《あしあと》を綴る】──」

これは儀式。リューが『正義』の欠片を思い出すための。

これは祈り。全てを失った妖精が『正義』を取り戻すための。

これは誓い。どこまでも続く夜空の下を『彼女達』とともに旅するための。

正義の剣《つるぎ》と翼に誓って──。

「──【正義は巡る】！」

心の奥底に根付いている友の教えを最後の一小節に変え、リューは開眼した。

『正義』の降臨が果たされるその時まで妖精を守る『星の正域《せいいき》』が砕け散り、星屑の欠片となって、リューのもとに吸収される。

交わされる『星の契り』を、セシルは誰よりも近くで見届けた。

そしてリューは『彼女の名』を呼ぶ。

「【アガリス・アルヴェシンス】！」

気高き紅炎が妖精の四肢、更に砕けた木刀に付与される。

「……炎の、付与魔法《エンチャント》……？」

凄まじい熱気を放つ紅の花弁を目の前に、セシルは放心した。

セシルはリューがどんな『魔法』を持っているか具体的には知らない。

しかし、わかる。

この紅の炎はリュー自身の『魔法』ではない。

だって、見えてしまったから。

とっくのとうに心を許し、尊敬するようになった先達の背と重なり合う、『紅の髪の少女』の後ろ姿が。

「行きます。いや――」

言い直したリューは、『彼女』とともに膝を沈めた。

「行こう」

爆砕。

セシルを巻き込まぬよう、大きく一歩、二歩と助走をつけた直後、爆ぜる焰《ほむら》とともにリューは紅《あか》き流星に変わった。

全ての時間の流れを置き去りにして、空中に浮遊する『精霊馬《せいれいば》』へ一直線に突貫する。

「はぁぁ!!」

『オォォォォォォ⁉』

今度は中位精霊《ユーフィ》の障壁が粉々に破壊され、後方へと吹き飛ばされる番だった。

長く伸びた炎の剣身、凄まじい火力が馬体を蝕《むしば》む。絶叫を上げる精霊は風の恩恵をもってそれを吹き飛ばし、別の下位精霊に火傷を治癒させた。しかしリューは止まらない。

中位精霊《ユーフィ》の治療のために一拍の猶予を与えたかと思うと、咲き乱れる花弁のように紅き火斬を連続で繰り出す。

肉体と精神の『ズレ』が存在しようが、辺り一面根《ね》こそぎ焼き飛ばす『アリーゼの魔法』で広範囲を爆撃する。

「……アリーゼ・ローヴェル……【アストレア・ファミリア】初代団長……」

下位精霊達の援護射撃も意に介さず、中位精霊《ユーフィ》の叫び声が絶え間なく響くようになる中、セシルは藍色の髪を揺らし、ぽつりと呟いた。

「リュー先輩の手を握れた……強くて、正しい、大切な人……！」

アストレアが以前してくれた昔話、そして昨夜のリューの過去を振り返るセシルは、今もリューと重なり合う少女が誰か、はっきりとわかった。

彼女だけではない。

「【正義は巡る】――【ゴコウ】！」

五光《ごこう》の斬撃を繰り出す極東の剣客が。

小狡《こずる》い地雷原を設置する小人族《パルゥム》の策士が。

「【ムース・マイン】！」

魔炎を駆使するヒューマンの魔導士が、速度を上げる同じ少女の前衛攻役《アタッカー》と鉄壁の加護を付与するドワーフの前衛壁役《ウォール》が、風の爪を繰り出す獣人の戦士が、全てを癒す治療師《ヒーラー》の女性が、二重の拳打を放つアマゾネスの拳士《けんし》が、雷《いかずち》を放つエルフの少女が。

「【イリヴュート】！」

リューに力を貸す『正義の使徒』の正体が、全てわかった。

彼女達こそ、かつてのリューを導き、今も彼女とともに戦う星乙女《アストレア・ファミリア》達だ。

「【アストレア・レコード】……アリーゼ達の『魔法』を受け継ぎ、行使できるリューだけの『魔法』」

セシルと同じく、かつての眷族達の姿を幻視するアストレアは笑みを湛えながら、静かに瞳を潤ませた。

「私の神血《イコル》を媒介にしてアリーゼ達の『正義』を継承する……。たとえリューが改宗《コンバージョン》したとしても、結ばれた血の絆《あのこたち》は消えはしない」

初めてリューに刻まれた『神の恩恵』、アストレアの神血《イコル》は何があっても妖精の背中から決して消失しない。リューとアリーゼ達は女神《アストレア》の血を通じて、ともに在り続ける。

それが【星々の記憶《アストレア・レコード》】の正体。

リューの魂に刻まれた『十の正義』を巡らせる『唯一の奇跡』。

「リュー。アリーゼ達を忘れては駄目。あの子達の声を心から追いやっては駄目。そうなれば、その『継承』の効果は半減する」

挙げるとすれば、それが唯一の欠点《デメリット》。

リューの精神状態によって【アストレア・レコード】の出力は左右される。

別の事柄に囚われ、『正義』を遠ざけてしまうほどの状態——少年《ベル》や娘《シル》のことを危ぶみ、強靭な勇士達《エインヘリヤル》を何とかしなくてはと強迫観念に取りつかれていた四日前のリューでは、『派閥大戦』で『継承魔法』を使いこなすことはできなかっただろう。

正義の女神《アストレア》は発現前からこの『巡りゆく正義』の本質を捉えていた。わかってしまった。

だからこそリューに自分のもとで過ごすよう伝えたのだ。イセリナ達にも『調整』の助力を頼み、リューと触れ合うことを願った。

イセリナ達、そしてセシルと交流することで、リューがアリーゼ達のことを思い出してくれると信じて。

「行きなさい、リュー。アリーゼ達と一緒に……どこまでも」

巣立ちの時だ。

もう妖精は、女神の手から離れてどこにでも旅立てる。

彼女のもとには『永遠の絆』が宿っているのだから。

「アリーゼ、みんな……」

何度も『魔法』を試し、いや何度も仲間を呼ぶリューは、精霊達の舞いの中を駆け抜けながら、呟いた。

「いたのですね、そこに」

震える唇が瞳も一緒に揺らし、目尻に小さな水滴を呼ぶ。

「戦ってくれるのですね、私と！」

荒ぶる炎が肯定の雄叫びを放ち、リューは笑みとともに猛った。

もはや数をもってしても圧倒されていく精霊達に、この感情の高まりをぶつけていく。

「リュー先輩……笑ってる……」

その姿に、ただ一人寂しさを囁くのは、セシルだった。

昨日まであんな近かった妖精が、またどこか遠くに行ってしまったような、そんな錯覚。

確かな悲しみが、少女の胸の奥に巣食う。

「………っざっけないでよっ」

次いで湧《わ》き起こったのは、『悔しさ』だった。

だって、リューはあんなにも笑っている。

『武器』ではなく魔法の力に、セシルではない星乙女達《アストレア・ファミリア》との『絆』にあんなにも喜び、見えない涙を流している。

鍛冶師《じぶん》が生んだ作品は何の力にもなりはしない。

(違う。そうじゃない)

武器は戦う者達を助ける存在。

一番の理解者であり、半身にならなければならない。

ならばセシルは——気高き先達《リュー》の半身になりたい。

リューを今も支える『正義』の輝きのように、自分も、あの星光《ひかり》になりたい！

「私だって——星に!!」

セシルは走り出していた。

ずっと動けなかった体を鎚で殴り、激情の言いなりとなった。

慌てふためく下位精霊達は中位精霊《ユーフィ》の支援に夢中で、セシルなんて気にもとめない。

だから妖精のもとへ。

昔の仲間とひゃっほーいとはしゃいでいる『先輩』に無視なんかさせるものかと、気炎を吐いて彼女の側へ。

『オオオオオオオオオオオッ!!』

「っ⁉」

終始押されていた中位精霊《ユーフィ》が怒り、反撃に出た。

淀みなく対応したリューはしかし、がくっと膝を沈ませる。

軽度の精神疲弊《マインドダウン》。

Ｌｖ．６の膨大な精神力《マインド》を逼迫《ひっぱく》させるほど【アストレア・レコード】を乱発したのが原因。

嬉し過ぎて興奮し過ぎて昔の仲間とひゃっほーいし過ぎた代償！　何やってんだ馬鹿先輩！

遠くでアストレアも思わず苦笑してしまう中、真空の角《ホーン》がリューの眼前に迫った瞬間、全力で割り込んだ。

持っているハンマーを両手で振りかぶり、憎き精霊《あんにゃろう》に振り下ろす！

「おりゃあああああああああああああああ!!」

『ウヒンッ!?』

「……！　セシル!?」

角《ホーン》が届く前にハンマーが『精霊馬』の額に直撃《ヒット》し、精霊《ユーフィ》の悲鳴が散り、リューの驚きが舞う。

それら全部を無視してセシルはハンマーを放り投げ、涙目となっている馬の顔面を両手で鷲《わし》掴《づか》みした。

「おいこらっ聞けぇ、ユーフィ!!　アタシには夢ができた！」

『……!?』

「この馬鹿先輩の鍛冶師になることだ！　アタシも星になって、この人の力になることだ!!」

馬も妖精も面食らう中、せっかく『アストレアの眷族らしく』と言って矯正した父親と兄弟譲りの言葉遣いが復活する。

「誰かに認められたいとか、そんなんじゃない！　アストレア様を盗られるのがヤダとか我儘でもない！　アタシは好きになったこの人のために、武器を打ちたいんだ!!」

アストレアさえも瞠目する。

セシルは額と額がくっつきそうな距離まで迫り、ずっと自分を認めようとしなかった精霊に向かって凄む。

『特定の者のために打つ武器は、より特別な威力を発揮する』。

なるほど、道理だ。

今も心の底から燃え上がるこの炎を、誰かを想う星のような輝きをもって武器を打つというのなら、それは何ものよりも強く気高い刃になる。

「アンタも精霊ならわかるでしょ⁉　御伽噺《おとぎばなし》みたいに、『英雄』に力を貸したくなる気持ち！　それと同じ《おんな》!!」

今まで馬鹿にして笑われてきた少女の言の葉が、目を見張る『精霊』に吸い込まれていく。

『古代』、英雄に力を与える昔日の精霊達にも負けない想いに、感化されていく。

「きっとそれが私に足りていなかったものだ！　きっとこれが——私の『正義』だ!!　武、い、い、い、い、い、い、い、器を通じて、好きな人達を護ること!!　どうだ、文句あるかぁぁ⁉」

どんなに距離が離れていても。

どんなに時が流れたとしても。

受け継がれる『正義』のように、『使い手』の側にいることができる半身。

自分との絆を送り出すこと。

星屑の光の一つとなることを、セシルは剣《つるぎ》と翼に誓った。

「わかったなら『滴《しずく》』寄越せぇ！　こちとら時間がないんだよ！　アタシに『正義』をさせろぉ!!　渡さないってんなら、泣くまでブン殴る！」

「セ、セシル、それはあまりにも横暴だ……」

片手で馬の顎《あご》を掴みながら、父親仕込みの拳骨を振りかぶる少女に、唖然としていたリューも苦言を呈した。突然の出来事に周囲の下位精霊達もどうしたらいいのか左へと右へと舞っている。

ぐぎぎぎっ、と顎を掴まれている中位精霊《ユーフィ》は、鬼《オウガ》のような表情を浮かべている少女をじっと見つめた。

今までの小馬鹿にするような瞳ではなく、同族を前にするような眼差しで。

『…………フンッ』

不意に、拘束を剝がすように顔を振った。

セシルが思わずよろける中、その深緑色の瞳を瞬きさせ……『一滴の光』を滴り落とす。

「あ……」

セシルの手の平に向かって、光は落ちた。

僅かに浮遊するそれは小さな気流を纏ったかと思うと、精霊の瞳と同色の『結晶』と化す。

『精霊の滴《しずく》』。

手にした者は剣製都市《ゾーリンゲン》に認められる、一流の鍛冶師の証。

「ユーフィ……いいの？」

『ベェエ～～～～ッ！』

地獄の果てまで強請《ねだ》るつもりだったセシルは、念願だった『滴』が転がり込んできて、先程までの勢いはどこにいったのか逆にしおらしくなってしまった。

対するユーフィは舌を出して体を揺する。幼女じゃなくて馬だからちっとも可愛くない。

やっぱり憎き精霊《こんにゃろう》にイラァとしたセシルは拳を振りかぶって、笑みと一緒に下ろした。

すっかり腐れ縁の『精霊』に向かって、それを伝える。

「ありがとう、ユーフィ。私、すごい鍛冶師になるね」

『………………』

セシルの感謝に、精霊はもう口を開かなかった。

代わりにぷいっと体ごと顔を背け、こちらのことを見ようとしない。

セシルはもう一度笑みを落とし、リューに向き直った。

「邪魔してごめん、先輩。私、行くよ」

「……ええ」

「貴方の武器を作りに！　今度は納期、守るから！」

顔を綻ばせるリューに破顔して、駆け出す。

精霊達はセシルに何も手出ししようとしない。星明りのような無数の輝きに見下ろされながら、少女は森の出入り口へ急いだ。

最後に一度だけ、女神のもとへ一瞥を飛ばす。

誰よりも嬉しそうに自分を見守ってくれているアストレアに、セシルは太陽のように笑い返すのだった。


「乗り越えたわね……あの子も」

リューのもとへ赴き、アストレアが呟く。

飛び出していった少女の後ろ姿に、リューもまた目を細めた。

「彼女は私より強い……尊敬に値するヒューマンです」

「先輩のお墨付きがもらえたなら、もう大丈夫ね」

くすくすと笑う女神は、そこで寂しそうに尾を揺らしている精霊馬に近付いた。

「大丈夫よ、ユーフィ。セシルはまたここに、お喋りに来るわ。だから『滴』をあげたらもう来ない、なんて思わないで？」

『ムゥゥ………』

その会話を聞いて意外に思ったリューだったが、詮索はしないでおいた。

自分と後輩の間でも当初、話は十分こじれた。

ならば人と精霊の間で多少のすれ違いがあるのも、やむなしと言うものだろう。

と、しんみりしつつもいい空気が流れたところで。

「それでは、続きをしましょうか」

「ええ、続きをしましょう」

ユーフィに向き直るリューが剣を構え、そんなリューにアストレアが笑顔で精神力回復薬《マジックポーション》を手渡す。

試験管の溶液を飲み干せば、あら不思議、精神疲弊《マインドダウン》になりかけていたＬｖ．６も竜のような闘気を纏い直す完全臨戦態勢《パーフェクトコンディション》に。

精霊一同は、硬直した。

「道具《アイテム》は沢山持ってきているわ。安心してね、リュー。ユーフィ達とも『ずっと遊ぶ』約束をしているから」

「感謝します、アストレア様。この環境なら存分に追い込めるでしょう」

満面の笑みを浮かべる女神は鞄《バッグ》を持っていた。そこには多くの回復薬《ポーション》が詰まっていた。つまりリューはどんなに無茶をしてもほぼ無限に戦えることを意味していた。

とことんヤる気の妖精と女神に、蛍のように舞っていた下位精霊達がフルフルフルッ！と震え出す。中位精霊《ユーフィ》に至っては深緑色の馬体を持ちながら青ざめているほどだった。

リューはやり過ぎてしまうエルフだ。

アストレアはしごくのが上手い女神だ。

アリーゼ達は知っていたが、リューとアストレアはちょっぴり性根が似ている。

「さぁユーフィ。私の鍛錬に付き合ってもらいます。先程までと同じく、遠慮は要らない」

「大丈夫よ。貴方達にも道具《アイテム》を分けてあげるから」

ダンジョンに匹敵する『調整環境』を、一人と一柱がすぐに手放す筈もなく。

炎を纏い直したリューは怖いし、慈悲の笑みを浮かべるアストレアはもっと怖い。

間もなく、うぇぇぇーーーん、と。

『精霊馬』にもかかわらず、幼児のような泣き声が森に響き渡るのだった。


「はぁ、はぁ、はぁっ……!!」

走る。

領域を後にし、川を越え、館を通り過ぎ、森を抜けて都の主要部へ。

朝日は昇り、既に鎚の音を鳴らし始めている、慣れ親しんだ剣製都市《ゾーリンゲン》へ。

「セシル～～～～！　こっちこっち！」

「言われてた工具、全部運んでおいたけどコレでいい⁉」

「アストレア様、またあの泥棒妖精と一緒にいるんですか……？」

都市中央部付近、巨大工房を構える『ブラックリーザ』の目の前で、シャウがぶんぶんっと手を振り、イセリナが鉄床《アンビル》を始めとした道具を掲げている。ウランダはもう知らん。

Ｌｖ．２とて全力疾走を続けて息を切らしていたセシルは、足の勢いを緩めていき、しかし休憩を取ることをしなかった。

何やってんだコイツら、という傍迷惑そうな視線が周囲の鍛冶師から送られる最中、剝ぎ取るように上半身の制服を脱ぎ払い、汗を吸った肌着一枚となる。

シャウもイセリナも、ウランダさえ仰天する中、ばたばたと工房玄関前に出てきた父親達へ大股で歩み寄った。

「父さん、『精霊炉』貸して！　今すぐ‼」

「お、お前っ馬鹿っ、年頃の娘《むすめ》がなんつー格好を……⁉　早く何か着ろ⁉」

「じゃあ作業衣も貸して！　時間がないの！」

先日の頑固親父っぷりはどこに行ったのか、あられもない格好をする娘に慌てふためいている。セシルはそれを無視し、転がるように駆け寄り、浴びせるように投げつけてきた一番上の兄から作業衣を受け取り、工房横の『精霊炉』へつま先を向ける。

「ま、待てっ！　『精霊炉』を使わせるとはまだ一言もっ――」

「精霊《ユーフィ》から『滴』、もらってきた！　『炉』を使う資格ならもうある！　これでいいでしょ！」

「――‼」

父親達の驚倒は止まらない。

セシルは「みんな、素材出して！」と声をかけ、イセリナ達に厳重に保管されていた金属箱を開けさせた。

中には粉末状の『魔宝石《まほうせき》』をすり込み、『星窟《せいくつ》の聖泉《せいせん》』に四年間浸し続けていた『大聖樹の枝』が固定されていた。金具を外し、剣身《ソード》部分と握り《グリップ》部分に分かれているそれを両手に持つ。

リューの専用《オーダーメイド》装備のために準備しておいた、最後にして虎の子の加工素材。

正真正銘、次の作製が最後の機会《ラストチャンス》。

セシルは更に、肌身離さず持っていた『木片』と『精霊の滴』を両手の上に出した。

もう迷いはない。

ぐっとそれらを握り、少女は作業衣に勢いよく袖を通す。

「セシル」

動じていたり、固唾《かたず》を呑んでいる家族の中で、口を引き結んでいた父親が一歩、前に出た。

何かを察し、まるで見極めようとしているかのように、振り返るセシルのことを真っ直ぐ見据える。

「『芯』が、手に入ったのか？　鍛冶師《おまえ》の『正義』は……なんだったんだ？」

その問いに対して。

セシルは今はいない愛する母親のように、口端を上側にひん曲げた。

「教えない！　恥ずかしいもん！」

「なっ⁉」

そんな風に突き放して、愛用の鎚を片手に『精霊炉』の門を開いた少女は、今までの鬱憤《うっぷん》を叩きつけるように、笑ってやった。

「知りたきゃ黙ってそこで見とけ、馬鹿親父‼」

リュー・リオン
Lv.6
力：I0→5　耐久：I0　器用：I0→7　敏捷：I0→15　魔力：I0→14
狩人：G　耐異常：G　魔防：I　魔導：I　連攻：I

渡された更新用紙の微々たる上昇幅を目にし、リューはようやく自分が健全な眷族に戻れたと、人心地が付けた気がした。

「リュー、心身《からだ》の方は？」

「大丈夫です、アストレア様。感覚の『ズレ』はもうありません」

尋ねられたリューは手の開閉を繰り返し、自信をもって頷いた。

早朝にセシルと『精霊の棲家』へ参上してから、夜が明けた、朝。

正真正銘、丸一日戦い続けていたリューは完全な手応えを得て希望を新たにしていた。

その代償とばかりに、辺りの地面には力つきた下位精霊達が墜落したトンボのように転がり、摩耗した心身を表すように点滅をピコンピコンと繰り返していた。

『精霊馬』のユーフィは最も酷く、地面に全身を投げ出してぴくりとも動く気配がない。アストレアが万能薬《エリクサー》を与えても、しばらく風を呼び出せそうにもなかった。

「私の『調整』は済んだ……。あとはセシルの方……！」

「『ブラックリーザ』の工房へ先に行ってて、リュー。私は館に寄って、出発用の荷物を準備しておくから」

ようやくLv.6の『調整』を完了したとて予断は許されないリューは、同じく真剣な表情をしたアストレアの申し出に「ありがとうございます！」と感謝を告げ、一足先に剣製都市《ゾーリンゲン》の都市部へと急行した。

「アストレア様と合流し次第、出発しなくては戦争遊戯《ウォーゲーム》に間に合わない……！　セシル……！」

セシルの作業が完了していればそれでいい。

しかしまだ終わっていない場合、武器の完成を待たず、非情な選択をする必要がある。

リューは脳裏に浮かぶ少女を信じ、同時に祈りもしながら疾駆し、以前訪れた『ブラックリーザ』の工房前へと到着した。

「リュー先輩！」

「イセリナ！　セシルは⁉」

「まだです！　でもっ……」

狼人《ウェアウルフ》の少女の視線を追うと、そこに建っているのは逆漏斗状《ろうとじょう》の形状をした施設。

緑玉明色《エメラルドグリーン》の光を放つ『精霊炉』だ。

「……？　セシルはどこにいるのですか？　『炉』の前には誰にも——」

「『炉』の内部だ」

リューの疑問に答えたのは、隣に並ぶセシルの父親だった。

彼は怪訝な顔をするリューを他所に、腕組をして『精霊炉』を見つめ続けている。

「『精霊炉』はあんたが思い浮かべる一般的な『炉』とは違う。『滴』を持った鍛冶師は中に入って、武器と一緒に精霊の魔力に焼かれながら『鍛冶』をするんだ」

「なっ……⁉」

言わば『精霊炉』自体が『工房』のようなものだと、セシルの父親は告げた。

工具や鉄とともに精霊の魔力を浴びながら、道具や素材の性能はおろか『鍛冶』のアビリティを始めとした職人の能力《ちから》も底上げする『精霊の遺産』。

だが精霊の魔力は高熱を伴う『火』に等しく、『精霊の滴』を与えられるほどの鍛冶師でなければ力尽きてしまうと、彼はそうも付け加えた。

「止めるなよ、『使い手』。今セシルは真剣勝負に挑んでやがるんだ」

一歩前に踏み出したリューの肩に、セシルの父親は声を投げかけた。

動きを止めたリューは、緑玉明色《エメラルドグリーン》の光──魔力の蒸気を今も吐き出す危険な『炉』を凝視した後、足を戻す。

「それに──もう終わる」

彼の言葉を肯定するように、『炉』の内部から響く鎚と思しき音色は、佳境を迎えようとしているようだった。

金属剣へそうするように少女は木刀に鎚を振るっているのか、外で待つリューにはわからない。確かなのは鎚の音は具合を確かめるように、最後の調整を施すように、繊細に、穏やかな旋律を奏でているということだ。

リューと同じく、少女は昨日から不眠不休で作業をし続けていたのだろう。

『精霊炉』を取り巻くように眺める大勢の人々の中で、Ｌｖ．１のシャウとウランダは眠そうに目もとを擦り、それでもセシルが出てくるのを信じて待ち続けている。イセリナはセシルの兄弟と同じように直立不動で汗を流し、固唾《かたず》を呑んでいた。

「……聞いてもいいですか？」

自分よりずっと背丈のある大男と並び、どちらも正面を見つめる中、リューは尋ねていた。

「セシルに愛情がないわけではないでしょう。何故、彼女に厳しい態度を取り続けていたのですか？」

リューのその問いに、セシルの父親は沈黙していたかと思うと、ふっと笑った。

「俺達のようになってほしくなかったのさ」

自分達でも難儀だとわかっているように、力なく。

「『使い手《オラリオ》』さんよ。この下界で、どこの武器が一番有名か知ってるか？」

「迷宮都市ですか？」

「うっ……！　ま、まぁ、それは否定しねえ。だが連中の武器は常に内側への供給だ。ほぼほぼダンジョンをもぐる奴等に向けての装備であって、それ以上でも以下でもねえ」

リューの即答にセシルの父親は呻いたが、反撃するように饒舌《じょうぜつ》となる。

一番《トップ》の奪い合いに興味のなかったリューは無感動に聞いていたが、彼は断言した。

「最も売れてる武器は間違いなくここ、剣製都市《ゾーリンゲン》の得物だ」

「……」

「帝国や海洋国《ディザーラ》、カイオス砂漠諸国まで……とにかく大量受注が当たり前。どの工房もひっきりなしに稼働して、人手が足りねえ時は周りの家の手も借りて都中《みやこ》で作ることだってある」

誇らしげに語っていたかと思うと、彼はやがて、自嘲《じちょう》の笑みを浮かべた。

「そうしてるうちに……何で武器を作っているのか、自分を見失っていく」

リューは瞳だけ動かし、よく見れば深い皺《しわ》が多く刻まれた相貌を見やった。

「富と名声のために武器を打つ。別に構わねえ、それだって上等な理由だ。だが大量生産が当たり前の俺達は、どうしても『使い手』の顔を思い浮かべることができねえ。誰がどう使って、何を傷付けて、殺すのか……。それを想像できねえまま育っちまった俺達は、鍛冶神様達が言うような『研ぎ澄まされた一』ってやつに……決して届かねえ」

リューは彼が何を言いたいのか、うっすらと理解できるようになった。

『画一的な武器』を作る。それが彼等の前提であり、生産品全体の性能を上げることが至上命題。たった一振りの剣の性能を上げたところで客は喜ばず、歪《いびつ》なものになってしまう。

八十点、九十点の同一の武器を作り上げられるのが剣製都市《ゾーリンゲン》の強みであり、百点を超す強大な一振りを生み出せないのが剣製都市《ゾーリンゲン》の鍛冶師なのだ。

「剣製都市《ゾーリンゲン》の職人としては、それでいい。だが一介の鍛冶師としては……何ともつまらねえ末路じゃねえか」

世界きっての『刀剣製造都市』とも呼ばれる剣製都市《ゾーリンゲン》ならではの葛藤を、彼は抱えていたのだ。

「俺達は根っからの剣製都市《ゾーリンゲン》側の職人だ。武器の平均点を上げることに特化した、都《みやこ》の歯車ってわけよ。突き抜けられはしねえが、それも一種の才能だ。今じゃ向き合ってるし、割り切ってる。俺の息子達もな」

「……セシルは違うと？」

「ああ。あいつは『本物』だ」

誇らしそうに、そして羨望を秘めながら、セシルの父親は目を細めた。

「あいつが一番才能がある。頭は回るし機転もいい。エルフの大聖樹に魔宝石《まほうせき》をすり込んで、聖泉《せいせん》へ浸《ひた》し続けたと聞いた時、まだまだなんて言い返しながら度肝を抜かれたぜ。発想力の塊だし、いけ好かねえ魔術師《メイジ》の勉強までして『杖』について学んでた。才能に胡坐《あぐら》をかかねえ努力家だろう？　自慢の娘だぜ。……ちくしょう、嫁に出したくねえ……」

何だか後半から親馬鹿になった上に苦悩まで吐露されてリューは微妙な顔付きになってしまったが、父親はすぐに顔付きをあらため、真剣に語り出した。

「俺達の工房に入って、娯楽にしか興味のねえ主神と契約させちまえば、こっち側に寄っちまう。あの才能を腐らせたくねえ。だからアイツを俺達のもとから追い出す真似をした。ヘファイストス様のもとでも良かったんだが……俺は一度『鍛冶』とは関係ねえ、アストレア様のもとへ行ってほしかった」

「何故それを、直接彼女に伝えなかったのですか？」

「無駄だからさ」

苦い経験を振り返るように、顔がしかめられる。

「青臭い若造の時、俺や他の息子達がそうだった。親父やジジイに何度言われようが反発して、『俺ならできる！』と一点張りだ。この工房をゼロから変えてやると意気込んで、いつの間にか取り込まれちまう。血は争えねえ。セシルもきっとそうなる」

「それは決めつけでは？」

「才能があるっつっても、粗削りなのは変わらねえ。技だって今なら俺達の方が遥かに上だ。セシルが未熟だっていうのは、お前さんも感じていなかったか？」

「……」

先日までのセシルは、そうだった。否定できない。

「矜持をへし折られて、俺達の色に染まっちまう。未熟者の時にねじ曲がっちまうと、それは中々矯正できねえ。……あいつの才能を奪っちまうのが怖かったし、嫌だった」

それが彼の本音なのだろう。

血の繋がった家族として愛しておきながら、鍛冶師としては突き放さなくてはならない。

セシルの父親は不器用な『職人』という生き物そのものだった。

「アンタと出会う前のセシルは、甘かった。アストレア様のおかげで道は踏み外さなかったが、本当の意味で追い込まれていなかった。失敗も挫折も味わわねぇと、血肉には変えられねえ。……血も涙も流してねえ作り手の武器なんて、何の重みもねえのさ」

「……今は？」

「見ての通りだ。立派な『芯』を手に入れちまったじゃねえか」

鎚の音が途絶え『精霊炉』の門《ふた》が開く。

魔力のこもった熱風が勢いよく吐き出され、イセリナ達が顔を腕で覆う中……影がふらつきながら、一歩一歩踏みしめて、『炉』の中から現れる。

汗だくで、全身には軽い火傷。

それでも藍色の髪を揺らし、『一振りの木剣』を持った少女が、笑みを浮かべ歩み出る。

「正義の使者《アンタ》のせいだぞ…………ありがとうよ」

駆け寄る仲間に抱き着かれる愛娘の姿を眩しそうに眺め、セシルの父親は背中を向けた。

兄弟達も涙を隠してその背に続いていく。

「老婆心ながら言わせてもらいますが……貴方達はやはり一度、腹を割って話し合うべきだ」

去っていく男達の背中を見つめた後、少女達のもとに視線を戻したリューは言った。

「斬り合った剣《けん》と剣《つるぎ》を修復するのも、『鍛冶師』の腕の見せどころでしょう」

——間違ってねえなぁ。

セシルのもとへ向かうリューは、そんな囁きを聞いた気がした。

「見て、先輩！　完成したわ‼」

会心の出来！

そう言って『その武具』を両手に持つセシルは、リューの前に差し出す。

『深緑の木剣』。そう言うに相応しい。

以前使っていた《アルヴス・ルミナ》よりも長く、大聖樹の剣身は深緑に変色した刃に覆われている。『精霊炉』による作用なのか、まるで緑玉石《エメラルド》を纏ったようなその姿は芸術品のように美しかった。

「剣身部分《ソード》と握り部分《グリップ》はもともと部位《パーツ》を分けてたんだけど、先輩のもらった『木片』と『精霊の滴《ユーフィ》』を混ぜて作った『星精石《せいせいせき》』を中心に据えて繋ぎ合わせたの！『剣』としても『杖』としても使える！ねえ、持ってみて！」

特筆すべきはセシルが語る通り、本来ならば鍔《ガード》の中央付近に据えられている大きな翡翠《ひすい》の結晶だろう。大聖樹の木片に精霊来の結晶を融合させた作用なのか、王族《ハイエルフ》を彷彿とさせる色を帯びる『星精石《せいせいせき》』はまるで特大の魔宝石《まほうせき》にも見える。

説明する口振りにも興奮を滲ませるセシルに従い、その『深緑の木剣』を手に取ってみる。

「手に吸いつく……」

「当然！　先輩の手の形は覚えたもん！」

「何より……武器単体でなお凄まじい『魔力』」

天空に向けた剣身を見上げ、リューは感嘆した。

太陽の輝きすら切り裂き反射する剣に、イセリナ達も目が釘付けとなっていた。

「満足した？」

「ええ、最高の品だ」

「これなら勝てそう？」

「勝ってみせる。――セシル、貴方に感謝を」

「――どういたしまして！」

リューと視線を絡めていたセシルは、笑みを弾けさせた。

苦節五年。逃避と挫折を経験した上で、彼女は一つの旅を終えた。

これから少女は大成するだろう。彼女の父親と同じく、リューはそう確信した。

「ねぇねぇ、この武器は何て言うの⁉」

まるで自分も欲しいと言わんばかりに目をキラキラと輝かせる小人族《パルゥム》のシャウに尋ねられ、セシルはふふんっと胸を張った。

「銘はもう決めてる！　星屑の剣《つるぎ》《アルヴス・ユースティティア》！」

おお～～！　とシャウ達の間から歓声が漏れる。

ユースティティアとはアストレアが司る事物の象徴で、同時に称号のようなものだと聞いたことがある。セシルは女神にあやかって、妖精の剣に星屑の加護を与えたのだろう。

リューも気に入った。

「無事、間に合ったみたいね」

「アストレア様！」

不意に悲鳴が聞こえたかと思うと、『馬蹄音《ばていおん》』に似た凄まじい風鳴りが響いてきた。

リューが目を向け、セシルが声を上げた先、アストレアが一頭の牝馬に乗って都の通りを突っ切ってくるところだった。

「って、あんたユーフィ⁉　なんで森から出てきてるのよ！」

『ムゥウウウ……』

「私が頼んだの、セシル。このままリューと一緒にオラリオへ向かうわ」

嘶く中位精霊《ユーフィ》に向けられていたセシルの仰天は、アストレアの言葉によって更なる驚愕に上書きされた。イセリナ達も寝耳に水とばかりに目を剝く。

「ど、どういうことですか、アストレア様⁉」

「説明は省くけれど、リューが戦争遊戯《ウォーゲーム》に参戦するためには私もその場にいないとかなわなそうなの」

後輩達が驚きっ放しの中、リューだけは冷静だった。

ヘルメスの手紙をアストレアから受け取った際に、既に説明は受けている。

戦争遊戯《ウォーゲーム》の戦闘形式《カテゴリー》が『神探し《ハイド・アンド・シーク》』——主神と眷族の同時参加型の試合——である以上、リュー単独で参加を果たしたとしても、主神不在では必ず揉める。

アストレアと話し合った末にリューが出した結論は、『強行軍』であった。

常人並みの身体能力のアストレアは勿論、自身も体力を温存して万全の状態で最強の派閥《フレイヤ・ファミリア》と戦うため、ともに『精霊馬』に騎乗してオラリオを目指す。

アストレアがまとめてくれた荷物は既に鞍《くら》の左右に取りつけられている。

恩に着ます、と中位精霊《ユーフィ》に伝えると、彼女は借りだよと言わんばかりに『ォォォォン！』と嘶《な》いた。

「わ、私も行く！」

「自分も!! 荷物持ちくらいはさせてください！」

「シャ、シャウ達もっ！ Ｌｖ．１だから足手纏いだけど、離れたら置いてっていいですから！ 絶対にオラリオに辿り着きます！」

「アストレア様と相乗りするド不敬エルフ、絶対追う、地の果て地獄の底まで……！」

セシルとイセリナが参加を表明し、シャウとウランダもとんでもないことを言ってくる。

アストレアの方を一瞥すると、彼女は苦笑した。

言い争う時間すら惜しい。今まで本拠《ホーム》に留守番していた他の眷族達も合流し、リュー達は剣製都市《ゾーリンゲン》を発つことになった。

「父さん達に館の管理は押し付けといたから、後のことは心配しないでください！」

「シャウ、ウランダ、先にアストレア様と騎乗していきなさい。私は途中まで自分の足で行きます。体力の温存は、残り半分からでも十分だ」

「え、いいんですか⁉　やったー！」

「敵に塩を送られるとは……でも、幸せ……」

【アストレア・ファミリア】はかまびすしいまま、職人達の注目を浴びながら出発した。

荷物持ちと女神の護衛が『精霊馬』を守るように囲んで走る中、精霊の豪脚に必死に食らいついていく。

リューは最後尾寄りの位置で続いた。

「はぁ、はぁ……！　ねぇ、先輩！」

「無駄話は避けた方がいい、セシル」

わざわざ並走してくるセシルは、そんなこと言うなとばかりに、笑顔を向けた。

「私とっ、『直接契約』してよ！」

「！」

「先輩がアストレア様のもとに戻るのか、それともっ、オラリオに残るかは知らないけど……貴方の武器、私に作らせてっ！」

着替えた制服を早速汗だくにしている少女に、リューは思わず目を向けてしまった。

「離れ離れになってもっ、副武装《サブ》の得物までは浮気許すからさぁ！」

「人聞きの悪い言い方はやめなさい」

「先輩の本命は、私が手掛けたい！」

こちらの言葉を無視して、藍色の髪を日の下で輝かせながら、セシルは相好を崩した。

「好きな人のために武器を作るっていうのが、私の『正義』だから！」

強情で、明るくて、真っ直ぐなセシルの笑みに——やはり弱い、と。

リューはそう思いながら、微笑した。

「いいでしょう。本命の武器は貴方に任せます」

「ほんとっ？　やったぁ！」

リューの返事に元気が漲《みなぎ》ったのか、セシルの調子が上がる。

前へ行ってしまう少女に笑みを漏らしながら、いい後輩に恵まれたと、先達《リュー》は思った。

最初は回り道だと感じた今回の旅は、決して無駄ではなかった。

これも一つの軌跡《ローカス》。

リューに様々なものを思い出させ、『正義』を巡らせてくれた。

だから、後はぶつけるだけだ。

「待っていなさい、シル——今から貴方の頬を張り飛ばしに行く！」

遥か西の方角。

大陸の最西端に向かってリューは決意の叫喚《きょうかん》を放ち、風となって駆け抜けるのだった。

かつての、そして新たな星乙女達とともに。

黄昏の少女

Familiar Chronicle
Episode RYU

「リオ〜ン！　一緒に英雄譚《アルゴノゥト》を読もう？」

アーディ・ヴァルマは不思議な少女だった。

【ガネーシャ・ファミリア】に所属しているLv．3の冒険者で、リューより一つ年上。

姉のシャクティ・ヴァルマが厳格な一方、彼女は驚くくらい温厚で、心優しく、誰にも分け隔《へだ》てなく接する。

同時に天真爛漫《てんしんらんまん》で、困ったことに抱き着き癖《ぐせ》がある。

何と初対面の時、彼女はリューに目を輝かせるなり抱き着こうとしてきたのだ。

『……リオンです。初めまして』

『うわ〜、綺麗！　覆面をしてるのにすごく可愛いエルフだってわかるよ！　抱き着いてもいい？　いいよね！　アーディ・ヴァルマだよ！　よろしく〜、え〜い！』

『──触れるな!!』

『あぶぅ!?』

と、このように高速張手《ビンタ》をもって弾き飛ばし、迎撃したほどだった。

リューに限らず、出会ったばかりの妖精《エルフ》に開幕抱擁《ドッキング》しようとすれば誰であってもこうなる。

以降リューはアーディと出くわす度に猫のように警戒していたが、彼女の裏表のない性格と尊敬すべき人柄を知った後は心を許し、無暗に乱暴な真似は働けなくなった。つまり隙《すき》を見せれば抱擁《ドッキング》されるようになったのである。

リューは顔を真っ赤にしながら無暗やたらと他者に抱き着くものではない、と散々説いているのだが、アーディが言うには、

「抱き着くのはリオンだけだよ！　だから大丈夫！」

らしい。結局リューが遭《あ》う羞恥被害は変わらないのでダイジョバない。

件《くだん》の抱き着き珍事さえなければ、アーディはアリーゼの次に初対面でリューの手を握れた人物になっていただろう。

「アーディ……こんなところで本を読まなくても、もっと別の場所で……」

「本さえあればどこだって読書はできるよ！　あ、歩きながらは危ないからやっちゃ駄目だけどね！」

引き寄せられるように近付き、リューが苦言を呈すると、足もとに座り込んでいるアーディからはそんな無邪気な答えが返ってくる。

黄昏の光と涼やかな風を浴びるアーディは可憐《かれん》で、今は美しくも見えた。

揺れる薄青色の髪は短くまとめられていて、一見中性的《ボーイッシュ》だが、枝のように細い自分《リュー》なんかよりずっと女性らしい体付きをしている。

いつも溌剌《はつらつ》としているアリーゼが太陽だとしたら、アーディは穏やかな春風のような少女だった。

そんなアーディに、リューはいつも救われていた。

「ほら、ここに座って？」

「まったく……」

結局いつも折れるのはリューの方だ。

自分のすぐ隣をぽんぽんと片手で叩く少女に形だけの溜息《ためいき》をつきながら、リューは腰を下ろした。すぐに側にある彼女の柔らかい体と温もりに少し恥ずかしくなるが、アーディは楽しそうに本の頁《ページ》をめくり始める。

「私はこの場面《シーン》が好きなんだ！　元気のない女の子を街で見かけて、いきなり手を取って道の真ん中で踊り出しちゃうところ！」

「実際にあれば悲鳴が上がって、我々が駆け付けそうですが……」

「あははっ！　そうかも！　でもね、目を丸くする女の子にアルゴノゥトは言うんだよ！

『さぁ、踊りましょう、麗《うるわ》しいお嬢さん。愉快に舞って、私に笑顔を見せてください』って！」

「知っています。前に貴方に聞きました。私の手をとって、無理やり躍らせながら……」

「あれ～？　そうだったっけ！」

挿絵つきの頁《ページ》を指で差し、解説しながら、アーディはころころと笑った。

その屈託のない笑顔にリューは小言を口にしつつも、表情を穏やかにさせていった。こんな時間がいつまでも続けばいいと思うほど、やはりアーディの隣は温かかった。

彼女は周りにいる者達を笑顔にしてくれる。

彼女がいてくれれば、リューはきっと人の善性を信じて、『正義』を見失わず前を向くことができる。

「リオンもさ？　笑おう！」

「はっ？」

「このアルゴノゥトみたいに！　君の笑顔を見ればみんな嬉しくなって、他の誰かも笑ってくれるよ！　ほら、こうやって！」

こちらの胸中を見透《みす》かしているように、アーディはそんなことを言った。

両の頬に両の人差し指を添えて、にーっ、と口角を上げる。目を丸くしていたリューはそれがおかしくて、思わず笑ってしまった。

「そうそう、そんな感じ！　ほら、もっとに～っ、って！」

「ま、待ちなさいアーディ！　そんな無理強いする真似はっ……あーっ⁉」

手を伸ばして今度はリューの頬を持ち上げようとしてくるものだから、慌てて抵抗したが、体勢を崩して二人仲良く麦の海に倒れ込んだ。

自分に抱き着くように重なるアーディは何がそんなにおかしいのか、声を上げて笑って、リューもしまいには笑い出すのだった。

仰向けになったリューのお腹に着地した一冊の本が、彼女達の笑い声を聞いて、嬉しそうに微笑んでいる。

「アーディ……ありがとうございます。いつも私に笑顔を分けてくれて」

やがて。

ゆっくりと上体を起こし、風に頁《ページ》をめくられぱらぱらと音を立てる本を返しながら、リューは礼を告げた。

「貴方にはずっと助けられてきた。迷った時、私を導いて『正義』を信じさせてくれた。貴方には、本当に感謝している」

何故かわからないが、リューは自分の想いを言葉に変えていた。

溢《あふ》れ返るような思い出が少女《アーディ》の鈴のような声音と、沢山の笑顔と結びつき、どうしてだろう、空色の瞳が湿ろうとしていた。

「貴方が……私にとっての『希望』だった」

彼女という象徴と出会えなければ、リューは『正義』の答えに辿り着けなかった。

彼女という『旅人』と出会えたから、リューは『旅』を終わらせることができた。

「……？」

リューはそこで、ふと気付いた。

自分が『旅』を終えたのは、ずっと先。

アリーゼ達も、アーディも目の前からいなくなってしまった、ずっとずっと先。

深い悲しみと絶望に暮《く》れて、それでも彼女達が遺《のこ》してくれていたものに気付けた、後のことだ。

「ううん。私がいなくても、リオンはきっと自分の答えに辿り着けたよ」

あたかも心が溶け合っているように、アーディはまたリューの胸の奥の想いに答える。

アーディは立ち上がった。

一冊の本を持って、美しくも涙が出そうなほど儚《はかな》い黄昏の光を浴びながら。

リューはもう一度、気付いた。

リューが言っていた『こんなところ』とは、黄昏の光に包まれる麦畑であることを。

遮《さえぎ》るものがない広大な麦の海。

黄金に揺れる稲穂。

麦と同じ色に染まる空。

天と地の境界が曖昧《あいまい》になるくらい、どこまでも金色《こんじき》の地平線が続いている。

「ありがとう、リオン。アリーゼ達以外にも、私の『正義《ゆめ》』を受け取ってくれて」

それは彼女とお別れを交わした、奇跡のような幻想の景色。

「君の中に私もいることができて、とっても嬉しかったよ」

あんなにすぐ側にあった笑顔が、今は夕暮れの光が眩《まぶ》しくて、よく見えない。

どんなに見上げても、潤み始める瞳が邪魔をして、上手く彼女を見ることができない。

「でもね、リオン。一人で抱え過ぎないで？」

少女はリューに背を向けて、黄昏の光のもとへ歩き出した。

「『正義』は背負っては駄目だし、いくつも秘めておくにもきっと限界がある」

行ってほしくなかったのに、リューはそれを止めなかった。

「だから、そういう時は、他の人にも分けてあげてほしい」

影が伸び、離れていく。

風は涼しく、香りはどこか懐かしい。

リューにとって、涙の香り。

「押し付けるんじゃなくて、伝えてあげるの。きっとそれは誰かの種になって、違う花になって咲く」

やがて少女は立ち止まり、振り返った。

「それも巡っていくよ！　私達の想いと一緒に！」

――『正義は巡る』。

あの時と変わらない笑顔を浮かべて、アーディは本を胸の中に抱きしめた。

「忘れないでね、リオン！　にこにこ笑うんだ！」

だからリューも。

だから私《リュー》の唇も。

「綺麗な君も私は大好きだけど――リオンの笑顔は、みんなを幸せにしてあげられるよ！」

彼女を安心させてあげられるように。

白い花のように綻んだ。

◆

頬を伝った滴《しずく》の気配に、ゆっくりと睫毛が揺れる。

穏やかな森の香り。静寂が揺り籠《かご》の歌を口ずさんでいる。

夢を見ていた気がする。

その幻想《ゆめ》は美しくて、儚くて、温かな黄昏《たそがれ》の光で自分を抱きしめてくれた。

そんな気がする。

もう思い出せない景色の欠片に、リューは悲しいとは思わなかった。

だって頬から離れた滴はこんなにも温かい。

リューはきっと幸福な夢を見た。

夢想の地平線はまだ少しだけあった心の迷いを溶かし、微笑《ほほえ》んでくれたのだろう。

それさえわかっていれば、十分だった。

寝台《ベッド》から身を起こし、身支度を始める。

剣製都市《ゾーリンゲン》滞在四日目の早朝。少年達のもとへ駆け付けるためにも【ステイタス】の調整を今日も進めなくてはならない。

小太刀を腰に差し、結局使わせてもらっている少女の木刀を手に、宛《あて》がわれている『星休《ほし》む宿』の一室から廊下に出る。

「あ、おはようございます、リュー先輩。今ちょうど起きましたか……ってリュー先輩が笑ってる⁉　えっ、どうしたんですか⁉　そりゃふっと微笑んでるところは見たことはありますけど、シャウ達と一緒にちょっと冷たく感じるくらいには表情が動かなくてソレを打ち消すくらいすごい美人って話をっ――ってウソウソ何でもありませんっ！　とにかく、何でそんな笑ってるんですか⁉　何かいいことでもあったんですか⁉　えっ、『行きましょう』って……ま、待ってくださいよ！　ねぇ教えてくださいよっ、先輩！」

廊下でばったり出くわした狼人《ウェアウルフ》の少女が、何故かはしゃいで追いかけてくる。

早朝から騒いでは迷惑ですよ、と注意しても彼女の興奮は冷めなかった。館を出て目を丸くす小人族《パルゥム》の少女達と落ち合った後も同じ。

不思議なことだ。

何があったのかよくわからない。

けれど、まぁ、自分を見て嬉しそうに笑う後輩達を見て、悪い気はしない。

だからこの唇に宿る想いに、もう少しだけ素直になろう。

もう思い出せない『黄昏《ゆ》の少女《め》』も、そう言ってくれているような気がする——。

五年前にあった
なんてことのない少女達の話

Familiar Chronicle
Episode RYU

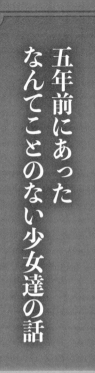

星々が鏤《ちりば》められた夜空がオラリオを覆っている。

今夜は月よりも星の輝きの方が温かい。そんな夜だった。

「静かね……」

館の窓辺から上空を見上げていたアリーゼは、ぽつりと呟《つぶや》いた。

星の光が穏やかならば、今日は人々の悲鳴も悪人達の笑い声も聞こえなかった。悲しみも悪意も、この澄んだ星空に吸い込まれているのかもしれない。

都《みやこ》全体が静穏に包まれていることを肌で感じるアリーゼは窓辺から離れ、二人が待つ団欒《だんらん》室の中央へと向かった。

「なんか久々だよな~。こうやって三人だけ集まって、飲みなんてよ」

長椅子《ソファー》にどっかりと座っているライラは既にやっていた。

彼女は安そうな麦酒《エール》、対面の一人がけ椅子に座る輝夜《カグヤ》は小さな盃《おちょこ》にそそいだ冷酒、そして別の長椅子《ソファー》に腰を下ろしたアリーゼは、今しがた持ってきた果実酒──女神《アストレア》と一緒に作ったものを脚の低いテーブルに置いた。

「仕方あるまい。リャーナ達を除けば冒険者依頼《クエスト》で出払っている。あのポンコツエルフもな」

彼女の言葉通り、団員の多くがダンジョンに出ている。アストレアも神々の会議に参加しており、リャーナとノインは護衛として同伴している最中だ。

今日は団長《アリーゼ》、副団長《カグヤ》、参謀《ライラ》の三人に負担《タスク》が集中しているとのことで、年長組のリャーナ達の手で終日休暇を強制的に言い渡されたのだ。

「とか言って、どうせ事件が起きりゃあ駆り出されんだろ?」と高を括《くく》っていたライラ達も、珍しく平和だったオラリオに拍子抜けしていた。

今より二年前の『大抗争《たたかい》』を節目に、都市の治安は確実に良くなってきている。

今日はいずれ訪れる平穏の前借りなのかもしれない。

そんなことを思えるくらいには、【アストレア・ファミリア】本拠《ホーム》『星屑の庭』も静けさに包まれていた。

「でも、【ファミリア】ができて最初の頃に戻ったみたい！　私がいて、輝夜《カグヤ》が加わって、ライラも付いてきて……」

派閥結成初期のことを思い出すアリーゼはにこにこと笑った。

にこにこと笑いながら、思い出話につきものである人の黒歴史を無邪気に抉ってきた。

「あの頃は大変だったわよね！　輝夜《カグヤ》もライラもリオンなんて目じゃないくらいやさぐれてたし!!」

「やめろ、団長。当時の話は……」

「アタシも輝夜《カグヤ》も、相当ひねくれてたからな……」

瞑目してばつが悪い顔を浮かべるのは輝夜《カグヤ》で、渋い表情をするのはライラ。

毎日を自信満々に生きているアリーゼは無敵状態のまま、首を傾げた。

「えっ、今もでしょ？」

「うるせえ！」

「清く正しい私の説得にひれ伏すまで、二人とも長かったものね！　フフーン、さすが忍耐にも定評のある私！」

「貴方ではない。アストレア様の手で心を溶かしてもらって、だ」

ライラが怒鳴ればアリーゼが決め顔《ドヤ》を浮かべ輝夜《カグヤ》が睨む。

それぞれの反応を投げ合う三人は、すぐに笑みを落とした。

彼女達の間にはリュー達と接している時とも異なる『気安さ』があった。

苦労をともにし、長いを付き合いを経てきたからこその遠慮のなさが。

「お菓子パーティーよ！」と言ってアリーゼが果実酒と一緒に取ってきたマリュー作のパンプキンケーキ、セルティが作ってくれた木苺《きいちご》のクッキー、アスタがこっそり隠していた水晶飴《クリスタル・ドロップ》の瓶詰めをテーブルに広げる。「塩辛いものが欲しい」「アタシも」と輝夜《カグヤ》とライラが言うと、アリーゼはまたもや自信満々に塩味のジャガ丸くんを取り出した。すかさず繰り出される「そうじゃねえ！」「重過ぎる！」という二人から大苦情《クレーム》。

一頻《ひとしき》りぎゃーぎゃー騒いだ後、三人は各々自由に食事や酒をつまみ始める。

「で？　何を酒の肴《さかな》にする？」

木製の杯をあおりながらライラが尋ねると、アリーゼが果実酒を片手に指を上げる。

「それは勿論リオンでしょう！」

「当然なのかよ……。ま、あの末っ子がまだ一番危なっかしいのは事実だけどな」

一度は呆れはしたものの、ライラは否定はしなかった。

実力などはさておき、話題につきないという意味では【アストレア・ファミリア】の中でもリューが格付け一位なのは間違いない。

「二年前の『大抗争《だいこうそう》』を乗り越えておきながら、未だに青い。先日も私に食ってかかってきたから、返り討ちにしてやった」

輝夜《カグヤ》とリューが二人きりになった時のことだ。

『大局のために少数は捨て置くべき』。そう主張する輝夜《カグヤ》にリューは反論した。犠牲を前提にした平和の是非を怒りの声で問うエルフに、輝夜《カグヤ》は犠牲を払っておきながら未だに救いきれていないオラリオの『現実』を突きつけ、黙らせたのだ。

「『理想と現実』の話ね……あの時の輝夜《カグヤ》、ちょっと意地悪だったわ。アーディのことまで引き合いに出して」

「事実だろうに」

途中からその会話を聞いていたアリーゼは笑みを浮かべつつ、窘《たしな》めるように言った。

二年前の『大抗争《たたかい》』で、【ガネーシャ・ファミリア】のシャクティの妹、アーディ・ヴァルマは戦死している。リューや輝夜《カグヤ》の前で、だ。

と考えることがある。

リューはそれがあったからこそ犠牲に対して、より敏感になっている節がある。

アーディはリューに様々な影響を与えており、言ってしまえば大きな重要度《ウェイト》を占めていた少女だった。彼女が目の前から消えた時、リューの衝撃はいかほどだったか、アリーゼ自身はふと考えることがある。

『正義は巡る』──アーディが遺《のこ》した言葉を受け継ぎ、散った星々は決して無駄にはならないと真理を得た今でも、リューは『仕方なかったし必要な犠牲だった』と認めるのではなく、『犠牲なき未来』を摑《つか》むためにあがき続けている。厳しい『現実』に打ち据えられても。

アリーゼはそれがリューの良いところだと言う。

輝夜《カグヤ》はそれがリューの欠点であると断言する。

頬杖をつきながら聞いているライラは、どっちも間違ってない、と結論する。

「それに貴方とライラが甘やかすから、ちょうどいいだろう」

逆に窘《たしな》め返すように言った輝夜《カグヤ》は、自分は容赦なき『鞭《むち》』でいい、と冷酒をあおりながら述べた。

「私は甘っちょろいあのエルフが大っ嫌いだからな」

「あーあー、面倒くせえ面倒くせえ。こじらせてると、神々にツンデレだとか謎の呪文を唱えられる羽目になるぜ」

リューの潔癖はそれはそれで面倒臭く思うことはあるが、輝夜《カグヤ》の『理想嫌い』も大概だ。

お前等は足して二で割っちまえよ、というのは今も呆れ返っているライラの言葉だ。

「……アタシも『知識と知恵』を教え込んでやったが、どうなっかな、リオンは」

『理想と現実』で輝夜《カグヤ》と言い争ったリューはライラにも相談してきた。

彼女が教えたのは『中庸』。真実を見極め、同時に真実を作り上げるための方法。

そして弱い小人族《パルゥム》である自分を生かし続けてきた、『知識』を『知恵』に変えるという『未知』に対するための手段。

「このまま育つか……それとも輝夜《カグヤ》の言う『現実』を叩きつけられて、腐っちまうか……」

「腐るだろうよ。あれが高潔であり続ける限り。何度でも、腐るだろう」

独白にも聞こえるライラの言葉に、輝夜《カグヤ》は一貫して態度を崩さない。

その会話にライラが嘆息するより早く、アリーゼが笑みを漏らした。

「でも、その時のために、輝夜《カグヤ》もライラも沢山のことを教えてる」

『理想と現実』も。

『知識と知恵』も。

結局はそれだ。

誰よりも未熟なリューが、遠くない未来で立ち上がれるように、立ち塞がる困難に立ち向かえるように、輝夜《カグヤ》とライラは態度こそ違えど諭《さと》し続けている。

たとえ気付いていなくとも、リューはずっと導かれている。

「アーディも言っていた……正義が巡るように」

「……ふんっ」

「お前もだろう、団長？」

アリーゼの笑みに、頑なに認めない輝夜《カグヤ》はそっぽを向き、ライラは空にした杯を突き出しながら笑い返した。

そしてふと、面白いことを思いついたように問いかける。

「なぁ、もしだぜ？　もしまた新しく団員が増えるとして」

「団長である私としては、私のように清く美しく正しいバーニングな団員が増えることを望んでいるわ！」

「貴方が増えるのは悪夢だからやめてくれ……」

何故か胸を張って主張を始めるアリーゼに、輝夜《カグヤ》がほとほと疲れたように発言する。

「話の腰を折るなよ」と言うライラは、ニヤリと笑った。

「もし今より【ファミリア】がでかくなって、リオンが後輩にものを教えるところを想像したら、どうだ？　笑えねえか？」

「……ふふっ。今日一番の肴《さかな》だな」

ライラの言う内容を想像し、一拍置いて輝夜《カグヤ》は笑みを噛み殺した。

潔癖なまでに厳しく指導する鬼教官。妥協を知らないから空回る。少なくとも今のリューのままならそうなる。

だから後輩達もげんなりし、それに対して更に怒る。

逆に脇が甘くて後輩に指摘し返されることもあるかもしれない。

その時はあのエルフは何をするか。

滝行でもしながら丸一日木刀でも振っているだろうか。

十分に笑える絵面だ。

「でも、私はいいと思うわ」

そんな中、アリーゼは珍しく、姉のような表情を浮かべた。

「リオンはきっと不器用で、最初は上手くいかなくて、衝突もするだろうけど……きっと誰よりも親身になって、新しい子達を導いてくれると思う」

「……ま、そうだろうな。途中で放り出せねえだろうし」

「むしろ詮索《せんさく》しなくてもいいことに顔を突っ込んで、余計な荷物を背負うだろう。愚かの極みだ」

反応は三者三様。

共通しているのは、リューは間違いながら、それでも正しく在《あ》ろうとするということ。

そこから散々話し合っても、その一点だけは輝夜《カグヤ》もライラも否定しなかった。

否定するだけ無駄であると、全員がわかっていた。

ライラは頭の後ろに両手を組んだ。

「ただの妄想だってのに、なに盛り上がってんだ、アタシ等は？」

「それだけリオンが魅力的ってことよ！　……だから、これからどうなるのか心配にもなる」

最初こそ明るく言ったアリーゼだったが、浮かべていた笑みを静かなものに変えた。

リューの高潔は危うさと表裏だ。

無意識の領域だろうが、彼女はこんな暗黒の時代にあって常に『理想』を夢見ている。

そしてそれは輝夜《カグヤ》が何度も警鐘を鳴らし、危惧《きぐ》している事柄そのものである。

『理想』を求める者の末路は砕け散った壊剣《つるぎ》に等しい。それを友《アーディ》の死を通して一度経験してなお求め続けているリューは愚かであり、彼女の未来は焼け野原である。

輝夜《カグヤ》はそう言ってはばからない。

ライラもそれは否定できない。

そんな瞬間は来なければいいと願っているが、来ないとは保証できない。

目の前で『理想』が砕けた時、リューがどうなってしまうのか、それこそ三人が敬愛する女神《アストレア》にもわからないかもしれない。

アリーゼの発言を皮切りに、輝夜《カグヤ》もライラも口を閉ざした。

静寂だけが彼女達の間に横たわるようになる。

「ねえ、二人とも。リオンは、この先どうなると思う？」

「……！」

最初に口を開いたのは、やはりアリーゼ。

三人が思っていた事柄を最初に口にしたのは、やはり彼女。

驚く輝夜とライラを前に、アリーゼは真剣な表情で、けれど瞳だけは笑みの形に変え、問いかけた。

「リオンは、どんな『正義』に辿り着くと思う？」

流星が駆けた。

室内にいる少女達が知らないところで、美しい光の尾を曳《ひ》きながら、暗い夜空を渡った。

輝く星の軌跡《ローカス》がどこへ至り、あるいは別の軌跡《ローカス》と交差するのか、誰も知らない。

だが人々は、その流星の足跡を見上げ、願いを空に捧げるのだ。

「きっと……どこまでいっても、頭の堅《かて》ぇこと言ってんだろうな」

「ああ。未熟なまま、愚かしい正義を振りかざす、あの間抜けの姿が目に浮かぶようだ」

ライラと輝夜《カグヤ》の答えは変わらなかった。

後進が現れようが現れまいが、リューはリューのまま。

どんなに文句を言おうと、どんなに諭そうと、その星に捧げる願いは変わらぬまま。

「そうね……」

アリーゼは瞼を閉じる。

「リオンはきっと、絵空事で、夢物語で——でも、とても美しい『正しさ』を貫くと思うわ」

瞼の内側に広がったのは一枚の絵だった。

自分達が知らない誰かに囲まれるリューの後ろ姿。

その誰かは彼女を振り回す酒場の店員かもしれない。

あるいは彼女に助けられ、救い返す別の【ファミリア】かもしれない。

もしくは本当に、彼女を慕う後輩達かもしれない。

笑みを浮かべる彼女を見守るように、アリーゼ達も、その背中に寄り添っている。

「私達の願いや、夢と一緒に……」

ゆっくりと目を開け、少女は紅い髪を揺らした。

輝夜《カグヤ》とライラが見守る中、みなを照らし出すような、太陽の笑みを浮かべる。

「じゃ、改めて乾杯しましょ！」

果実酒のグラスを手に取り、二人に向ける。

脈絡がねえ、とライラが唇を曲げながら杯に麦酒《エール》をそそぎ直す。

輝夜《カグヤ》が笑い返しながら、冷酒を目の前に掲げる。

「正義の剣と翼に誓って？」

「いいえ——」

二人のもとへ近付き、アリーゼは片目を瞑った。

「リオンが辿り着く『希望』を信じて！」

重なり合う杯の音が響き渡る。

それは妖精の知ることのない、なんてことのない少女達の一幕。

所属：【アストレア・ファミリア】
種族：エルフ
職業：『豊穣の女主人』店員
到達階層：41階層
武器：星剣《アルヴス・ユースティティア》
《小太刀・双葉》
所持金：27000ヴァリス

ステイタス [Status]

Lv.6	
力	耐久
I5	I0
器用	敏捷
I7	I15
魔力	
I14	
狩人	耐異常
G	G
魔防	魔導
I	I
連攻	
I	

リュー・リオン

魔法 [Magic]

ルミノス・ウィンド	広域攻撃魔法。
	風・光属性。
ノア・ヒール	回復魔法。
	地形効果。森林地帯における効力補正。
アストレア・レコード	正義継承。

スキル [Skill]

妖精星唱《フェアリー・セレナード》	魔法効果増幅。
	夜間、強化補正増幅。
精神装填《マインド・ロード》	攻撃時、精神力《マインド》を消費することで『力』を上昇させる。
	精神力《マインド》消費量含め、任意発動《アクティブトリガー》。
疾風奮迅《エアロ・マナ》	疾走時、速度が上昇すればするほど攻撃力に補正。
正義継巡《アストラエ・ヴァルマス》	器力共鳴《ファルナ・エフェクト》
	発現者の一定範囲内に存在する同神血《イコル》の眷族への所持スキル効果増幅。
	発現者の一定範囲内に存在する同神血《イコル》の眷族への『魔力』及び精神力《マインド》加算。
	発現者の一定範囲内に存在する全眷族への精神汚染に対する中抵抗《レジスト》付与。
	常時発動《パッシブ・オン》。
	増幅値及び加算値及び付与率及び効果範囲は階位《レベル》反映。

アルヴス・ユースティティア [Weapon]

『ウィーシェの森』の大聖樹の枝、『魔宝石《まほうせき》』、『星窟《せいくつ》の聖泉《せいせん》』、『精霊の滴《しずく》』、そして《アルヴス・ルミナの破片》など、様々な素材を惜しみなくつぎ込んだセシルの最高傑作。
推定価格は素材だけでも120000000ヴァリス。
アストレアとともに自力で入手した『星窟《せいくつ》の聖泉《せいせん》』以外、ほとんどがもらいもの。大聖樹の枝などは喧嘩別れした父親達への腹いせに《ブラックリーザ》からぶんどってきた。
使い手の魔力を帯び、威力を増強する特殊武装《スペリオルズ》の一面を持つ。エルフの魔力と特に相乗効果を発揮する。
『剣』と『杖』のバランスが絶妙であり、一介の上級鍛冶師では決して作れない作品。少女の五年間の挫折と苦悩、そして不屈と正義の結晶。
冠する名は『正義の星乙女』。

精霊の正衣《せいい》 [Armor]

対中位《あんちきしょう》精霊決戦用の試作品《バトルクロス》を使い、リュー専用の防具に生まれ変わらせた品。
敏捷重視の側面がありつつ、様々な『精霊の護布』が重ねて織られており、各属性魔法に対して強い対抗力を発揮する。装備者《リュー》の体にジャストフィット。
ちなみにこれを作ったセシルは「先輩より私の方がスタイルいいから！」と豪語していた模様。
その後アストレアのボディを視界に収めた少女は「調子に乗ってすいませんでした」と誠心誠意謝罪をしたらしい。アストレア様どこまでも付いていきましゅ。

あとがき

最初に謝辞をさせてください。

担当の宇佐美様、イラストレーターのニリツ様、刊行に尽力してくださった関係者の皆様、超ド級の修羅場進行になってしまい誠に申し訳ありませんでした。「十二ヶ月飛び越えて十三ヶ月連続刊行やってみせますよガハハ！」とか調子に乗って本当の本当にすみませんでした。全く余裕じゃありませんでした。そして作業が遅れて倒れそうだった原作者を支えてくださって、心の底より感謝申し上げます。

同時に読者の皆様、前巻では『次は春姫のお話』と書かせて頂いたのですが、先に二本目のepisodeリューを執筆させてもらいました。こちらの件も申し訳ありませんでした。そのあたりのことも含めて、本書の内容について少し触れさせて頂きます。

・星々のローカス

こちらのお話はもともと、もっと小さな形で本編十八巻に収録予定だったのですが、物理的事情（ページ数）でお蔵入りしていたものでした。そして２０２３年現在ダンまち十周年に合わせてシリーズ作品十二ヶ月連続刊行を行っているのですが、「この妖精エピソードを膨らませればもう一冊分、連続刊行できるのでは？」と魔が差してしまい、極東狐のお話と前後する次第となりました。

私自身、ＧＡ文庫さんの記念短編などで正義の女神様と妖精の再会、あとは後輩の女の子の存在は匂わせていたので、このまま触れられず埋もれてしまうのが残念だな、と思っていたのも無関係ではないかもしれません。結局、本編との兼ね合いも含めてこのタイミングで上梓《じょうし》することにしました。

最近、もういない正義の派閥のことを書くと涙脆《もろ》くなっているのですが、彼女達の正義を受け継ぐ妖精と、それに心《こころ》突き動かされる後輩達のお話を書けて、笑顔になれた気がします。

やっぱり無駄じゃなかった。ちゃんと続いてる。

こんな私にそんな風に思わせてくれた軌跡《ローカス》が、今回の一番の宝物だったと感じております。

・黄昏の少女

原作小説の本編や、あるいはアニメしか触れていない方が「アーディって誰？」と思われるかもしれない、と思い急遽《きゅうきょ》書かせて頂いた短編になります。

本編十四巻で一瞬だけ名前が出た程度でそもそも覚えてる方が少ないと思い、『星々のローカス』と合わせて補完させて頂きました。

アーディという女の子がもし気になりましたら、英雄譚シリーズ『アストレア・レコード』も手に取ってみてください。

もし彼女と妖精の関係を知って頂けたなら、とっても嬉しいです。

・五年前にあったなんてことのない少女達の話
こちらはWright Flyer Studios様が制作されたアプリゲーム『ダンまち メモリア・フレーゼ』にて限定公開されていたシナリオを加筆修正したものになります。
『星々のローカス』を書こうと思った切っかけの一つでもあったので、本書に掲載させて頂きました。掲載を快諾してくださったダンメモスタッフの方々、誠に感謝しております。

本書で十三ヶ月連続刊行を終えて、ほっと一息つきたいところなのですが、やることもまだまだ沢山あるので引き続き頑張らせて頂きます。

クロニクル・シリーズは今度こそ極東狐のお話を届けられると信じて！　フリとかではなく切実に……！

私も気を付けますので、読者の皆様もどうかお体は大切にしてあげてください。
ここまで目を通して頂いて、ありがとうございました。
失礼します。

大森藤ノ

ファンレター、作品の
ご感想をお待ちしています

〈あて先〉

〒106－0032
東京都港区六本木2－4－5
SBクリエイティブ（株）
GA文庫編集部 気付

「大森藤ノ先生」係
「ニリツ先生」係

本書に関するご意見・ご感想は
右のQRコードよりお寄せください。

※アクセスの際や登録時に発生する通信費等はご負担ください。

https://ga.sbcr.jp/

Step
02

極上肌のキーワードは「バリア機能」と「ターンオーバー」。

よく極上肌＝美白と考えている方がいますが、いくら肌が白くてもキメのないガサガサな肌や凸凹のある肌では美しく見えません。

それよりもキメの整ったなめらかな肌は肌色をより明るくみせてくれます。

最近ではインターネットの普及に伴い、スキンケアについて様々な情報を得ることができるようになりました。ですが、残念ながら中には間違っている情報もたくさん見かけます。近年の「美白信仰」も、そんな時代を反映しているひとつの事例だと思います。

つまり、目指すべき「極上肌」は「皮膚トラブルがなく、いつまでもキメが整った健康な肌の状態」でいることです。

これから、どうすればそのような肌を手に入れることができるかを、皆さんにお教えしますね。

極上肌の必須条件は、まず「ニキビやかゆみなどの皮膚トラブルがないこと」です。

次に、「赤ちゃんのようなすべすべな肌」。これはシミもシワもない状態ですね。シミやシワがたくさんある肌はきれいとは言えないですよね。

皮膚はとても繊細な臓器です。紫外線や睡眠不足など、ちょっとしたことでダメージを受けてしまいます。そしてそのダメージが蓄積して40代を超えた頃には見た目の年齢に差が出てきてしまいます。

「いつまでも若々しい肌の状態でいること」も極上肌を構成する大事な要素だと思います。

最後に、陶器や赤ちゃんのような肌を医学的に言い換えると、「キメが整った肌」ということになります。

キメが整った状態の肌は凸凹が少なく、きれいに光を反射してくれるので「ツヤ」と「透明感」を与えてくれます。

さらにキメが整った肌は柔軟性があり、潤いを保持する能力が高いと言えます。

「極上肌」と聞いて、どんな肌を想像しますか？

よく聞くのは「陶器のような肌」「赤ちゃんのようなすべすべな肌」といった答えです。

これだけでもなんとなくイメージはできるのですが、では具体的にどうすればそんな肌になれるのだろうと考えてみると、本当に赤ちゃんや陶器を目指すわけではないのでいまいち方法が分かりませんね。


この状態は、マラソンでいうなれば、ゴールがどこか分からない状態です。目的地が不明のまま闇雲に走り回っても、余程運が良くない限り望む場所にはたどり着けず無駄足を踏むだけです。

ですから、まずは、これから目指していく「極上肌」がどんな肌なのかを明らかにすることが重要です。


そこで、「極上肌」を医学的に検証してみましょう。

「陶器のような肌」は、つるっとしていて均一の質感のイメージです。

Step 01

大切なのは「極上肌」の意味を知ること。

Chapter 0

極上肌の「キホン」

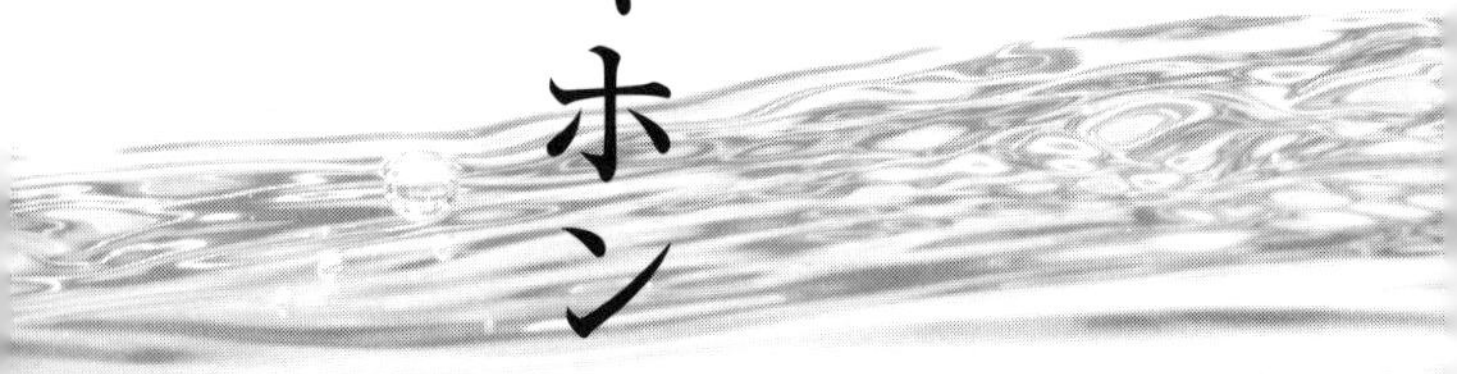

Chapter 4

皮膚科的観点から見る「肌のお悩み解決法」

Chapter 3
「生活習慣」で肌は変わる

Chapter 2
肌をキレイにする「食事」

Contents

皮膚科医が実践している極上肌のつくり方

肌がきれいになると、全てが好循環になっていくのです。

世の中には、本当に数えきれないほどの化粧品が出回っていて、どの化粧品を使っていいか分からないと言う方がたくさんいると思います。

その結果、口コミに頼ったり、高い化粧品を買ったりするものの、結局思うように肌が改善せずさらに悩んでしまうという声を診察でもよく聞きます。

やみくもに化粧品を使うのではなく、きちんと理解して化粧品を活用する「正しいスキンケア」をみなさんにも知っていただきたい、ということが、私がこの本を書くに至った一番のきっかけです。

そのため、本書の中には少し教科書のような難しい表現もあるのですが、スキンケアをきちんとその理論から理解していただくためにも、敢えて省かずに述べています。

一生付き合っていかなくてはいけないスキンケア。今からでも遅くありません。正しいスキンケアで極上肌を手に入れ、人生を好循環の波に乗せましょう。